A flor lilás: poesia

A flor lilás: poesia

Filipe Moreau

1ª edição
São Paulo, 2014

EDITORA NEOTROPICA

HAICAIS   11

POESIA +   63
                    Eis aqui   64
                    Casamento   84
                    Paisagem   98

"COESITAS"   119

PSICODELIA   145
                    Fantasias   146
                    Fabulitas   162
                    Semianapestos   174

NAQUELA ONDA   187
                    Marola pequena   188
                    Toda onda   204

CONCRETUDES   217
                    Aranideo, insectos, canteiro
                    e outras   218
                    Cruzadas (poesia dura) 232

HAICAIS	**11**
POESIA +	**63**
Eis aqui	64
Casamento	84
Paisagem	98
"COESITAS"	**119**
PSICODELIA	**145**
Fantasias	146
Fabulitas	162
Semianapestos	174
NAQUELA ONDA	**187**
Marola pequena	188
Toda onda	204
CONCRETUDES	**217**
Aranídeo, insectos, canteiro e outras	218
Cruzadas (poesia dura)	232

HAICAIS

Hoje me dei conta:
São os verbos ir e ser
Iguais no Perfeito

ago 91

Foge babuíno
Do valente beduíno
Medo genuíno

ago 91

Tédio: tudo dito.
Até as aves às vezes
Aos galhos dão vozes

set 91

Dizem ser de lótus
Flores e flechas que fluem
Da flauta de Kama

out 91

dez 91

— Melhor desistir
Ela me diz com firmeza:
— Tolice insistir

dez 91

Movido à razão
Alavanco o alicerce
Dessa situação

dez 91

Joga paciência
Como quem quer esquecer
Qualquer sapiência

dez 91

Rir, correr, brincar
Nunca é a mesma coisa
Amar também não

HAICAIS

For all – passar ferro
E também limpar o forro
Ouvindo um só som

fev 92

Time de Parreira
Necessitando atacar
Põe dez na barreira

mar 92

De cima do cume
O ciúme olha a esmo:
Só vê a si mesmo

De costas pro amor
Só de frente pro ciúme
Tolo e ensimesmado

mar 92

mar 92

Todo o mar e amor
Minha amante e minha amada
Linha atada ao lar

out 92

Coisas que pergunto
Às vezes só ficam claras
Se há laços profundos

out 92

Juntar *Vida* e *Obra*:
Vida – vira – pira – pura
Aura – abra – obra

jan 93

Só mantenha a calma
Porém se precisar, *call me*
Ou então, calar-me-ei

Lágrimas nos olhos
De ver o verde da cana
E ler o Pessoa

fev 93

Essa expressão feia
"Simulacro do invólucro"
Faz parte da língua?

mai 93

Logo vou saindo:
Ando meio fugidio
Das coisas que sinto...

jun 93

Pode um haicai só
De nenhuma informação
Já somar-se ao mundo?

jul 93

```
        m
              i
            n
    h
            a
       u          d a d e
```

                    Minha humanidade
                    Cresce pluma, tela e pétala
jul 93   Entretida a si

                    De fato o gato
                    É um tanto mais sensato
                    Ao trato de um rato

                    (Já o bicho-do-mato
                    Que nada em seu regato
jul 93   Tem bico-de-pato)

                    Esdrúxulo o bruxo
                    Logo cedo se atrapalha
out 93   Com seus apetrechos

HAICAIS

        Flor da graviola
Lembra por sinestesia
      Som da craviola   nov 93

Quando o sol se vai
Só a luz que chega à lua
Cabe no haicai

       Dorme o samurai
Lá na lua permanece
   O que ele abstrai   mar 94

Quando o sol se põe
Só a luz que prevalece
Cabe no haicai

        Quando a luz se vai
        Com a lua se enternece
        O bom samurai

Do que sonha ainda
Lá na lua prevalece
Pelo que abstrai

        (E se a lua sai
        Só em sonho permanece
        Tudo o que o atrai) [1]

mar 94

A muda plantada
Precisa estar bem molhada
Ou as folhas caem...

mar 94

Ave em Casablanca
Asa Branca em brasa a anca
O que será? Olhe...

jul 94

---

1. Variação do anterior

HAICAIS

Uma chuva calma
No meio da tempestade
Quase lava a alma   out 94

Fala em "compaixão"
Com paixão, mas "comover"
Sem ter como ver   out 94

Iara, nunca mais!
Iara Nádia, nunca mais
Eu hei de esquecê-la!   out 94

out 94

Usa o intelecto
Pra falar de um novo aspecto
Do rei e seu séquito

Em nada intercepto
Pois cada um tem o adepto
Do triste e decrépito

mar 95

Vem Marisa Monte
Represar toda essa água
Que tem minha fonte

abr 95

Vai desperdiçando
Toda a sede de viver
O amor por você

HAICAIS

Tudo vai e vem
Se há um porquê não sabemos
Nem se isso é bom

jun 96

A arte dramática
Também tem sua gramática
De expressões e gestos

out 96

Tudo começou
No início e a princípio
Lá se originou

mai 97

Se a nau é a vela
Musa nova, encanto doce
O vento é que trouxe

out 98

ago 99

        Quis fazer comigo
        O que não faz com ninguém
        Só por ser amigo

mar 01

        Primeiro de tudo
        O que eu queria dizer
        Antes de mais nada...

        Viver é o dom
        De andar em disparada
        Solidão acaba

mar 01

        Correr só é bom
        Pela areia da calçada
        Sensação de nada

Ordem e desordem
Sem busca de entendimento
Os cachorros mordem

mai 01

Amei seu amor
Recíproca verdadeira
E incomensurável

jun 02

Tire a mão daí
Seu político ladrão!
Devolve o que é meu!

set 02

O instinto existe
Ele resiste e insiste:
Nada está extinto

jan 03

jan 03

(Os últimos)

Há é íris íngremes
Índios ótimos e úteis
Fáceis ódios íntimos[2]

set 03

Cérebro:

Acesso ao Avesso
Correntes de Pensamento
Edifício eclético

mai 04

Levou-o a força
Já na forca, disse: – Faça!
Ou meto-lhe a faca

ago 04

Cálida está a noite
Entrem, preciso rolar
Há nada em tua cal

2. De "ímãs e mísseis"

HAICAIS

Ao dia de sol
Há um pássaro pousado
Na cama em que durmo

jan 06

Fuga do gás nobre
Usa o creme não com pinça
Caos dentro de si

mai 06

Sua dança falsa
Lembra uma vaca na chuva
Malhada e molhada

set 06

Imensa ternura
Mar e amor à natureza
Da pérola pura

dez 06

mar 07

Mulher-diversão
Diz-se: — Fá-lo-ei gozar
E assim será

jul 07

Quis deixar na roupa
Fingindo chorar por mim
Seu cheiro ruim

nov 07

Estudar é bom
Porque em tudo que se aprende
Vê-se mais de si

jan 08

Tudo muscular:

Ao ejacular
Fez seu rosto macular
Na parte ocular [3]

3. Revisão erótica em *Extravasagens* ou, *Contatos textuais*.

HAICAIS

(Não existe "êxisto", ou "êstxae":)

Existe é "hesito"
"Êxito" e também "existo"
Até mesmo "êxtase"

fev 08

— Cê só vai vê se
Vossa mercê merecê...
(Digo, merecer...)

fev 08

É o leão que ruge
Mas pra savana em que surge
É o tempo que urge

mai 08

Ó, dama do Egito
Do sorriso feminino
Pra onde vai o Nilo?

set 08

set 08

Vivi vive a vida
E não precisa que ela
Venha a ser escrita

out 08

Longe de você
Desfaço-me ou despedaço
Por força do afeto

fev 09

Luta como um tigre
E não por rivalidade
Mas por compaixão

mai 09

Não é mais que eu
E de nenhum lado seu
O que vai dizer

Botam-lhe batom
Que só rima com garçom
E seu cupom... Bem...

mar 94

Tráfico de Kafka
Recrutando afegãos
Da casa em que estão[4]

ago 09

É da cor abóbora
abóbada abobada
(Baita besteirol!)

dez 09

Ao vê-la no filme
Já se mata de ciúme:
– Com mil aviões!

jan 10

---

4. "Do tráfico de Kafka aos afegãos" ("afco, afca, afgã")

mar 10

Houve alguns impactos
Mas quase todos os cactos
Chegaram intactos

mar 10

Em qualquer lugar
A topografia é sempre
Questão relevante

abr 10

Exibe o roteiro
Que exigiu mais aptidão
Do que adaptação

mai 10

Para toda ovelha
É melhor não ter pastor
Do que não ter pasto

Seus proselitismos
São assim prós-proletários
Ou prós-elitismos?

jun 10

A neve é loção
Protocolo ou fotocópia
Da leve noção?

jul 10

Preferes as praias
De pouca onda e com chuva
Ou mesmo convento?

jul 10

Linda Cristiane
Só que olhando a jabulane
Ela voou longe

jul 10

mar 94

No rastro da luz
Ao horizonte infinito
Da cor se fez tom

nov 10

Nossa "presidenta"...
Mal chegou, soltou um pum
Logo, escafedeu-se...

dez 10

Fosse advogado
Passava as férias forenses
Só lá em Florença

jan 11

Sônia teve insônia
Por não ouvir de Vicente
Nada convincente

HAICAIS

Sexta-feira à noite
Far-se-ão notar as feras
A seis *Fahrenheit*

fev 11

Afirma-se assim
Ao dizer que não fez nada:
– Houve alguma coisa...?

mar 11

Apto, já me adapto
Logo a coisas por que opto
Tornando-me adepto

mar 11

Viu-se ejacular
De maneira inesperada
E espetacular

abr11

Se é arte, desculpe
Mas essa pedra afundada
É o mar que esculpe

Com tanta bravura
Agora mesmo na areia
Fez uma gravura

mai 11

— Escute, Tereza
Vamos analisar isso
Tudo com clareza...?

mai 11

Após a denúncia
E escapar da renúncia
Mudou de pronúncia

jun 11

Preparam-se os drinques
Com abraços sensuais
E tudo nos trinques

jun 11

Lá em Bucareste
Procura-se a diversão
Que tem Budapeste

jun 11

Flor tão delicada
Quem poderia regá-la
Já desabrochada?

jul 11

A palavra "oxítona"
É uma proparoxítona.
Entendeu agora?

jul 11

jul 11

Palavra em si mesma
O nome "monossilábica"
Contradiz a língua...

jul 11

"Ônibus" tem, mas
"Assento" não tem acento
Nem "sala lotada"

jhul 11

Ótimo de estar
Acolá já é alhures
Dir-se-á que lá

jul 11

Flor tão delicada
Mas quem poderia amá-la
Sem despedaçá-la? [5]

---

5. Variação do que veio anteriormente, ambos saídos da mesma poesia: *Flor tão delicada/ Quem poderia amá-la?/ Já desabrochada/ Sempre querer regá-la?*

Não são bem lisérgicas
Mas poesias litúrgicas
Das ilhas geórgicas

ago 11

Rimou *bad trip*
Com coisas do tipo "gripe"
Bit com "rinite"

set 11

Desmonte a arapuca
Disfarce a dor como nunca
Já saia voando

set 11

Pense coisas boas
E elas logo virão
Dar no coração

out 11

out 11

        Ela vai deter-se
        Naquilo que há de reter-se
        E enfim derreter-se

out 11

        Confessa... condessa!
        Quem escreve é a escrava
        Que agrega em segredo...

        Depois da turnê
        Não quis mais comer glacê
        Deixou no guichê

        (Já no ateliê
        Voltando a fazer crochê
        Prepara o suflê

out 11

        Vai bem um pavê
        Por sobre o papel vergê
        Manchas de patê)

HAICAIS

Nem tudo tem fim
Átomos que eram do sol
Hoje estão em mim

nov 11

Com um de oxigênio
Dois átomos de hidrogênio
Dão o aguar dos olhos

nov 11

Chuva – chova – chove
Chave – clave – clava – crava
Trava... Já não deu!

nov 11

Einstein descobriu:
Em toda regra há exceção;
Inclusive nessa

nov 11

(Variação)

Quase toda regra
Tem alguma exceção
Inclusive essa

nov 11

Os gatos galácticos
Têm cuidados profiláticos
De efeitos lunáticos...

nov 11

É quase uma bênção
Que os outros se convençam
E façam menção

nov 11

Gostei de encontrar
Júlia no meio do mar
Feliz a surfar

nov 11

(É fácil falar
Das coisas boas da praia:
Da areia e do mar) nov 11

Melhor do que o som
É amar de madrugada
Solução já dada nov 11

Desde o dinossauro
Até o protozoário
Tem no dicionário nov 11

Juntar *Curto* e *Longo*:
Curto – certo – corto – conto
Congo – gongo – longo

Juntar *Ponto* e *Linha*
Ponto – pinto – pinta – pinha
Linha – pronto, deu!

Agora mais: linha –
Tinha – tinta – cinta – conta
Corta – curta – curva

nov 11

Juntar *Perto* e *Longe*:
Perto – porto – ponto – ponte
Monte – monge – longe

nov 11

Logo vamos ver
Como as coisas se encaminham
Até resolver

dez 11

HAICAIS

O beijo é bem junto
Como beiju besuntado
A cada momento   dez 11

Agindo de modo
Anticonstitucional
Alice não mente

Exemplo é o Japão
De uma civilização
Que tudo supera   dez 11

Virá Belo Monte
Inundar belo horizonte
Bebê-lo na fonte?   dez 11

dez 11

Mesmo o universo
Paralelo é só o começo
Do mundo ao avesso

jan 12

Toda a garotada
De cavalo galopava
Até Garopaba

jan 12

Não como o do Rio
Que tem a água mais fria
É o mar da Bahia

jan 12

Antes do mergulho
Digo logo que me orgulho
De sua piscina...

HAICAIS

Luta e pra domar
O cavalinho do mar
Surfa a galopar

jan 12

Mais estonianos
Que letões e lituanos
E poucos os russos

jan 12

A morte de Antígona
Indica que a versão índica
É mais antigona

jan 12

Na bravata fez
De gravata, furioso
Curioso nó

fev 12

fev 12

– Quer de sobremesa
Sorvete de framboesa?
– Hum... Que gentileza!

fev 12

Quis logo estrear
A *Laranja Original*
Com *A Flor Lilás*

fev 12

Pra ter condução
Vai ainda depender
De haver condição

fev 12

Teixera e Texeira
Era o casal que morava
Na Alameda Almeida

HAICAIS

			Turva a manhã sem
			Deturpar ou perturbar
			A cor "desde que" fev 12

			Atola na toca
			Destaca e detecta intacta
			A nota que adota

(Regras adotadas
Por medidas arrotadas:
Questões anotadas)

			(Como amolar
			Entocar e retocar
			Sem nunca atolar?) fev 12

			Nomeio "da noite"
			A você que quer sair
			No meio da noite fev 12

fev 12

Não há rejeição
Que seja tão ruim quanto
Não dar refeição

fev 12

Logo os citadinos
Farão da cana o canal
Da casa o casal

fev 12

Já foi detalhada
Retalhada e espelhada
Mas não espalhada

(Segunda família)

Morava na Rua
Sílvia Celeste de Campos
Casa dois três oito

fev 12

HAICAIS

Fez-se a tal pergunta
Rigorosa e perigosa
Sequer sem querer   mar 12

Então faça as contas:
Se comparar aos cachorros
Gatos não dão gastos?[6]   mar 12

Caçador malvado
Matou coelho a cajadada
Depois da rajada

Deu-lhe um "raquetaço"
Uma moça que passava:
Ficou no embaraço   mar 12

---

6. Da frase: "gatos dão menos gastos" – set 08

mar 12

Ali da Itália
De Alitália à atilaia
Vai-se a Itatiaia

mar 12

Charlatanismo:

"Se assim te molhares
Das milhares de mulheres
Virão as melhores"

abr 12

(Bateu asas?)

Antes do *blow at*
Botou todas em *back up*
Ele e os *blue caps*

abr 12

Lobisomem ruivo
Não sabe a cor do cabelo
Mas conhece o uivo

HAICAIS

Ela mente, eu capto
Logo vê-se: mente-capto...
Ne me quitte pas abr 12

Após degredar
Viu o ator se degradar:
Só fez piorar abr 12

Melhor ficar rouca
Mas com voz, mesmo que pouca
Do que ficar louca abr 12

Deputado mala
Legislando em causa própria
Comprou casa própria abr 12

abr 12

Para o traficante
Deve ser gratificante
Ter lubrificante

abr 12

Vou consertar isso
Antes que possa dizer
"Pindamonhangaba"

abr 12

Sempre mentaliza
Ela vindo, num cavalo
Feliz, sem camisa...

mai 12

Como bom recruta
Policarpo não retruca
Às ordens do chefe

HAICAIS

Quebrou o machado
Por conta do pau rachado
Chorou agachado

mai 12

Deve entrar em breve
Em cartaz o novo filme
E há atores em greve

mai 12

Pássaro bem alto
Dorme, voa e ainda ousa
Sonhar quando pousa

mai 12

Você é tão linda
Que devo algum tempo ainda
Ficar na berlinda

mai 12

mai 12

Tudo que é pernóstico
Muito enfadonho ou prolixo
Vai logo pro lixo

mai 12

O morro em desmanche
Sem que nada o alavanque
Desce em avalanche

jun 12

Meteorologia:

Do sul do Rio Grande
Do Norte ao norte do Rio
Grande do Sul – chove

jun 12

Nada a ver com arte
Muito menos com cultura
Tourada é tortura [7]

---

7. Copiado (na rima e sentido) de uma fachada na Vila

Em "nervo asiático"...
Ela corrigiu: "suástico"
Pra dizer "ciático" jun 12

Chegou ao Brasil
Lá no tempo da Colônia
Vinda da Polônia jun 12

Recurso ardiloso
De permitir construção
Em campo argiloso jun 12

Mostrou que é adulta
E apesar de um pouco adúltera
Agiu com conduta jun 12

Ali foi vedado
Que entrasse qualquer veado
Nem mesmo caçado jul 12

jul 12

A luta titânica
Da épica lusitana
Flor transoceânica

jul 12

Do oceano Atlântico
Na Antártida ou Antártica
A ilha de Atlântida [8]

ago 12

Totalmente nua
Ela mostrou uma dádiva
Totalmente sua

ago 12

Fina sintonia
Faz ver a polifonia
De uma sinfonia

---

8. Ou: *A ilha de Atlântida/ Como a Antártida (ou Antártica)/ Sente a brisa atlântica*

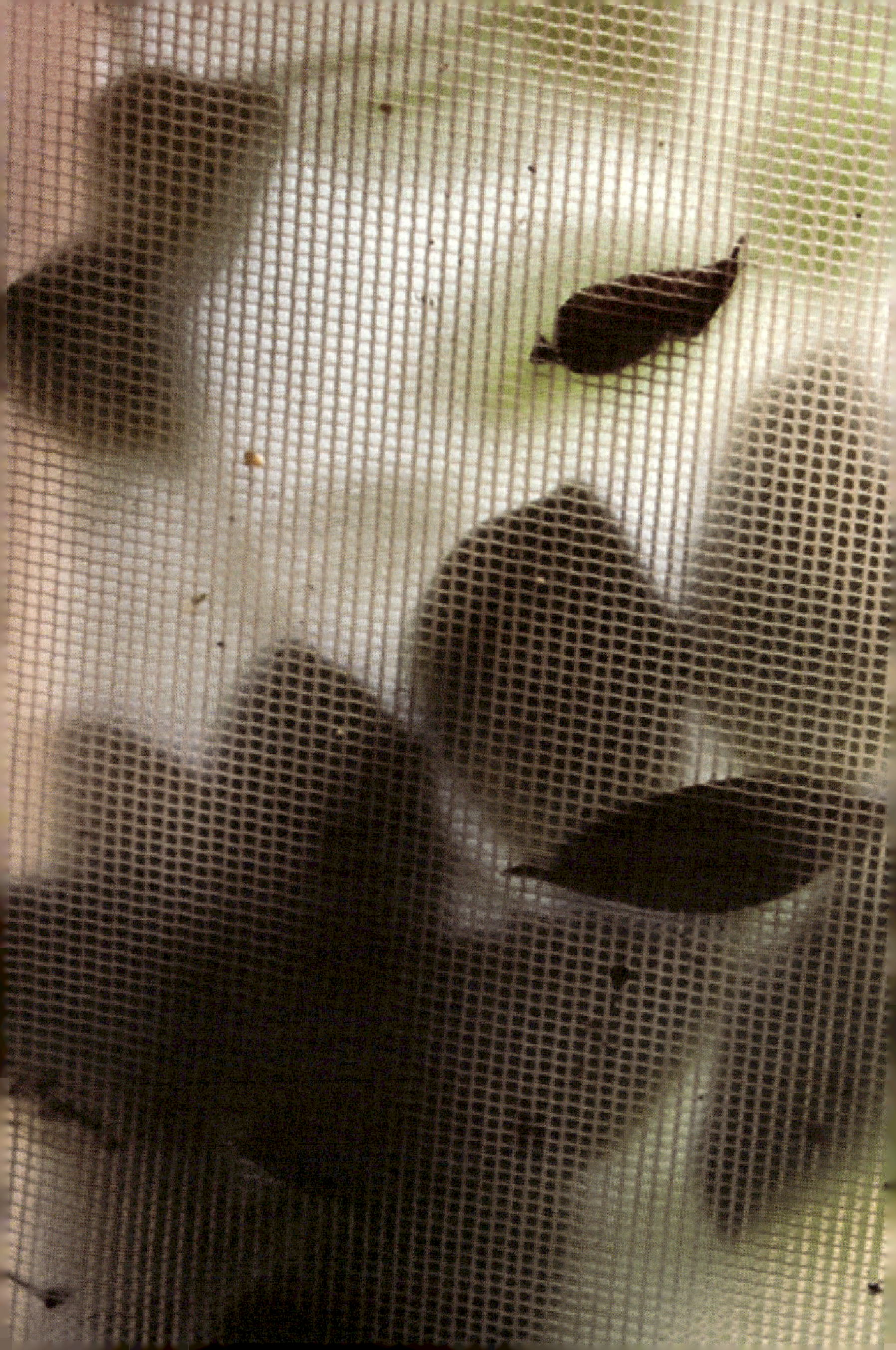

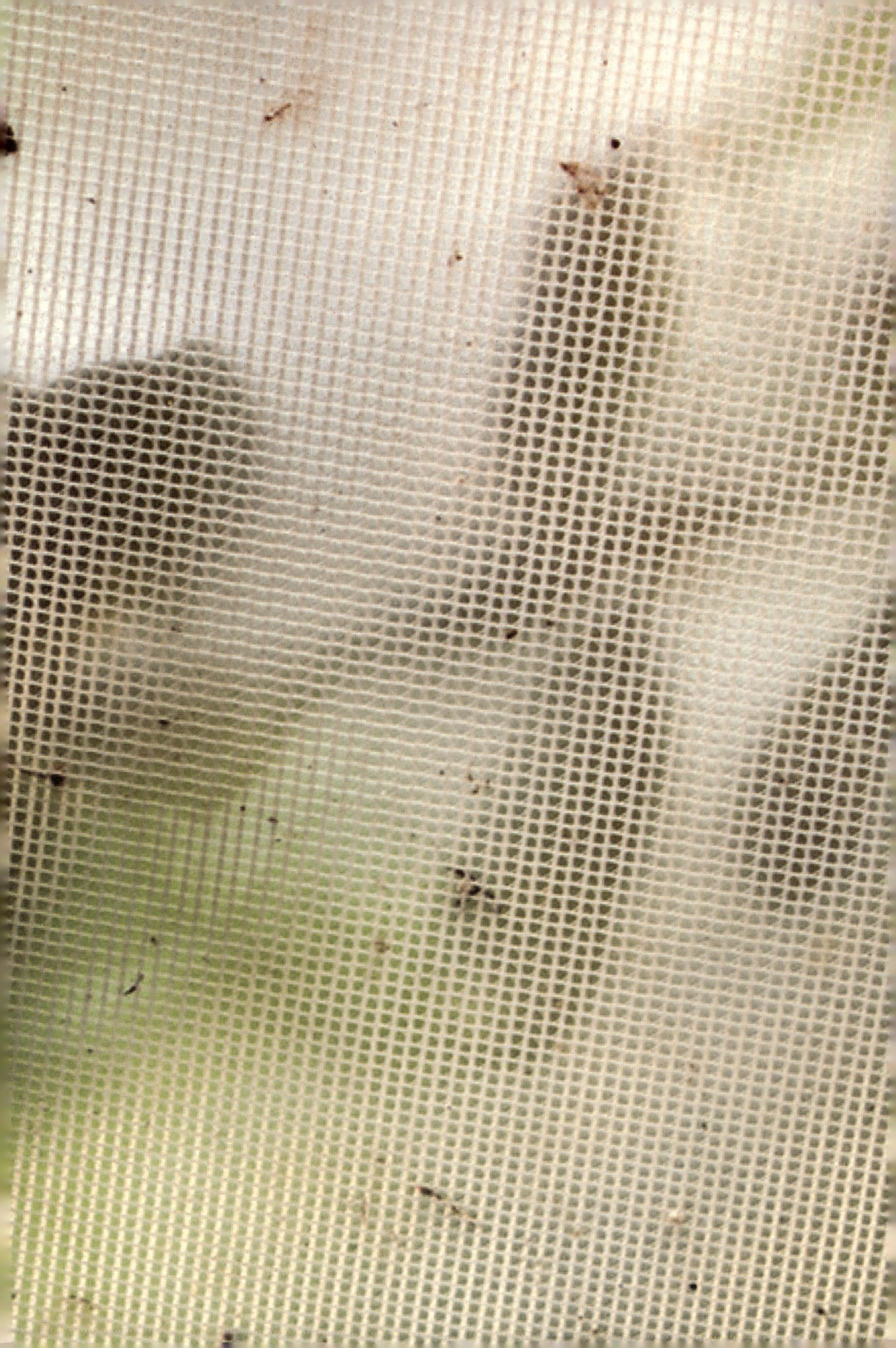

POESIA +

POESIA +

EIS AQUI

PREÂMBULO

Lá onde há prosa
Constrói-se o dito
De que da rosa
É feito o mito

Que se renova
A cada passo
E posto à prova
Não fica escasso

Mas chega o dia
Em que é reduzida
E de tão reluzida
Vira poesia

abr94

ABERTURA

Há distâncias
Entre pontos
E alternâncias
Com os cantos
Deste livro
Que ofereço
Pelo crivo
Do que teço

De começo
E por princípio
Já com o fim
De Introduzir
O que a mim
Tem de importância
No sorrir
A cada instância

jan 95

Em momentos
De amizade
Poderá
Sua leitura
Produzir
Minha vontade
De seguir
Nessa feitura

abr12

POESIA +

DECLARO

Vale agora
Honestamente
Ter você em mente
Pelas curvas desta estrada
Em seu perfil perfeito
Que eu possa imaginar
Por já saber formatar
E querê-lo todo em mente:

A paixão vale
Porque é interior
E isso ninguém tira
É minha
A que amo agora
E do próprio amar

set 95

Entre amores
Que me derem
Vou preferir sempre o que for
Mais durador

Pois basta olhar as rosas
Que logo se esfacelam
Revelando em si
As intenções do amor

E se acaso a interrogo
Sobre o quanto está feliz
Só com tempo se esclarece
O que me diz

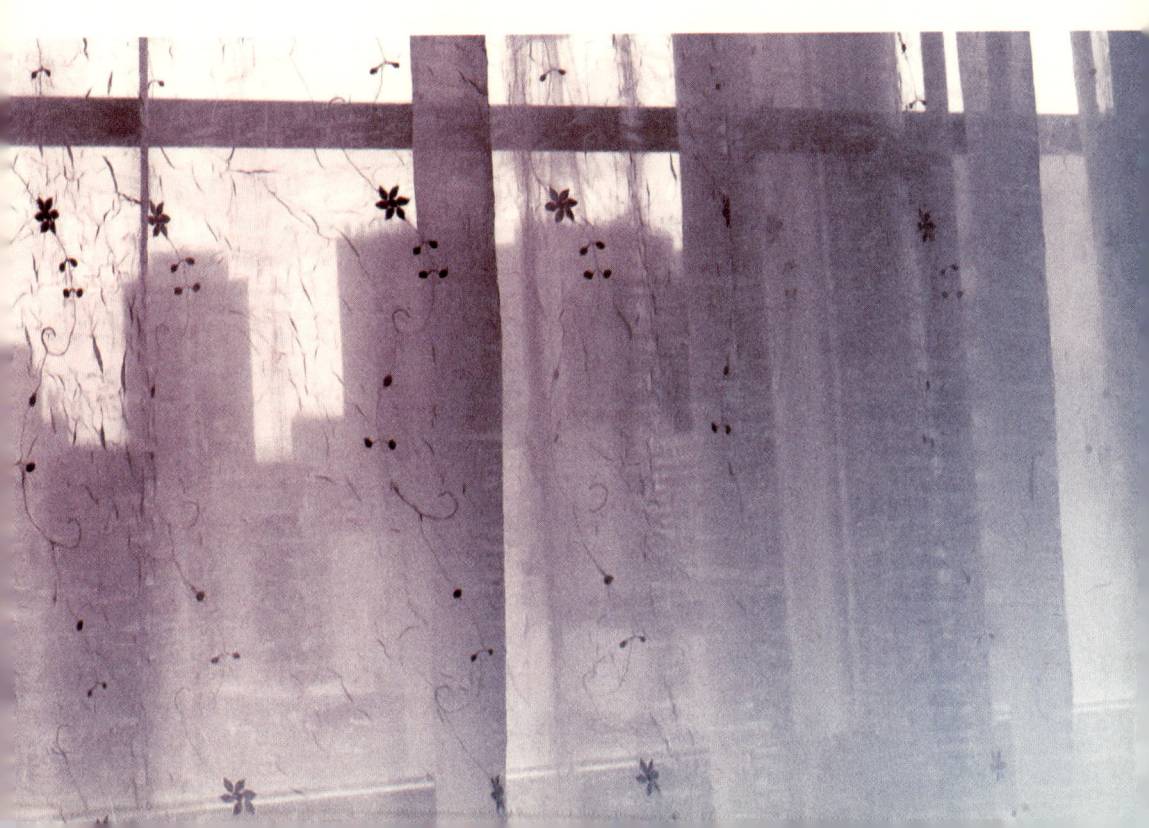

COM HISTÓRIAS

Há histórias
Das que guardo na memória
Que são foices de duas pontas:
Uma para ferir-se e outra para ferir

Mas não aquelas que me apreendem
Para com elas me conhecer mais
São histórias vindas de longe
Lá de onde o bonde perdeu-se em curva

Quando aprendo a me calar na hora certa, fico tranquilo
Como esquilo que espera quieto, até ir-se o gavião
A uma distância segura

dez 93

As luzes do estádio me dão paz e segurança
Estáveis quase como o nascer do dia

Pode-se dar crédito à civilização
Crer que o futuro é como o passado
Mais calmo do que parece

Mesmo os carros que são móveis e barulhentos
Representando a desarmonia insustentável
Com eles nos acostumamos
E fora deles reconhecemos melhor o nosso corpo

As plantas do jardim
Da casa onde mora o nosso amor
São de vaso mas trazem paz
E não há paz maior que a minha

dez 93

POESIA +

ARDOR LEVE E SOLTO

O leve e solto ardor pelo que é feito sem delongas
Veio-me a partir do salto rotineiro de uma viagem sem trilho
Como pomba que sai da mão em busca de coisas incontroláveis
E voa mais longe do que as palavras que representam alguma coisa

Esse ardor de modo selvagem me trouxe a faca e o queijo à mão
Pelo momento em que o significado estende-se de si ao que é do outro
Então me fez sair da rotina como quem muda de cidadania
Para mais longe do que as palavras buscar só meios incontestáveis

Que, inconcebivelmente, afirmo de um salto no arrependimento
Para parar nas horas mais claras do que é sério incertamente
Pois as ondas da busca são tangíveis como as tarefas
Com que empreendo além da força uma vontade:

A coragem de sair às ruas sem engolir o próprio grito
E protestar em branco pelos defeitos que me assolaram
De uma ponte eu vejo um gato e dou sete chutes em pedras
Para que os postes percebam calmos que minha força está ali

Dobro as esquinas em bares até deparar com o outro
Por quem sou chamado "povo", os que preferem generalizar
Mas aí se mostra uma faca sem queijo, pois o queijo sou eu
Quem o amassa, vendo-o descrito no papel com uma caneta nova

De lá em frente os gritos vão se suavizando,
Até mostrar ao ego que mesmo o círculo é inseguro
Para arrancar de si mesmo o que estava penoso
O tempo mal recomeçara e já se mostrou a que chegaria

Vão sendo danificados os postes, as ruas e mesmo muros
Até que a tempestade anuncie novo sinal de abrandamento
No fundo das nuvens, com uma brecha azul em forma de disco
Mostrando que glória e pavor estão presentes na natureza

O esplendor em que se transforma já é segredo íntimo
De uma jornada cujo retorno não facilita qualquer descrição
Está sempre em aberto, sem qualquer afirmativa
Somente em sugestões, relativas ao mesmo senso.

jun 93

POESIA +

(CUMPRIMENTO)

No asfalto que se fura e rasga há uma longa disputa de timbres
Só plantas lunares ficam isentas ao som da noite em paralelepípedo
E por camadas espiraladas o que se induz ao tato é como misto-quente
Distorcido da semente e somente um dente de alho poderá vir à mente

Para sair da amnésia, um pouco de magnésia
Mas para Maria Onesse, talvez sirva maionese
Um meio copo de leite pinga na pinça do caranguejo
E antes de mais nada, um longo beijo, de puro desejo

No meio do beijo não há lugar para bocejo
No asfalto rural cobre-se de lama o paralelepípedo
Mais um pouco e já termino este soneto

Iça-se a pinça na rua lisa por uma leve camada nova e a luva
Sai na ponta da mão que agora na chuva está nua
E um beijo ardente é sempre melhor que tudo o mais que se sente

ago 93

Na suavidade da flauta que toca um ré misterioso
Ouço a respiração de alguém que raramente está por perto
E quando está – "que horas são?" – quanta mútua indiferença...
Faz-se permanecer na memória por toda essa fantasia egressa?

A vez que a ouvi foi na última festa
Das antas dançantes a que outrora ia
Fazendo localizar no tempo um acaso quase bom
Como no caso de agora haver flora lá fora

jul 93

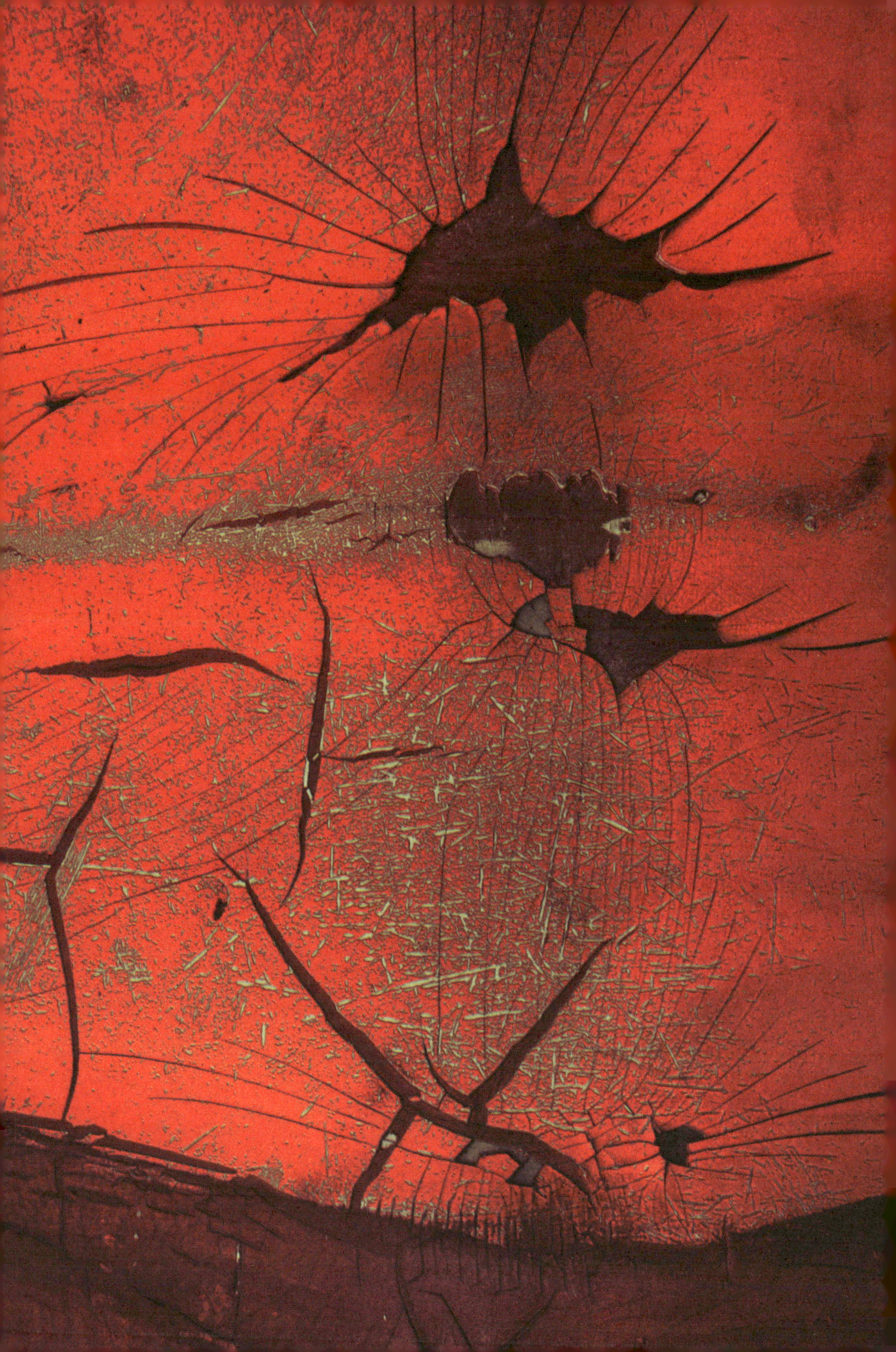

POESIA +

Ó poeta, o que trazes nesta sextilha?

      Um segmento
      Sintagmático
      De fragmento
      Morfossintático?

Ó bola, por que foges da redondilha?

      Tens sentimento
      Descarismático
      De movimento
      Intergaláctico?

ago 93

uma ave mnio-
tiltídea pousou
no ninho sobre
uma planta gim-
nosperma e
mnemonizou
um gimnuro
gimnossomo
que parecia um
gnomo ou,
melhor,
agrônomo

mai 93

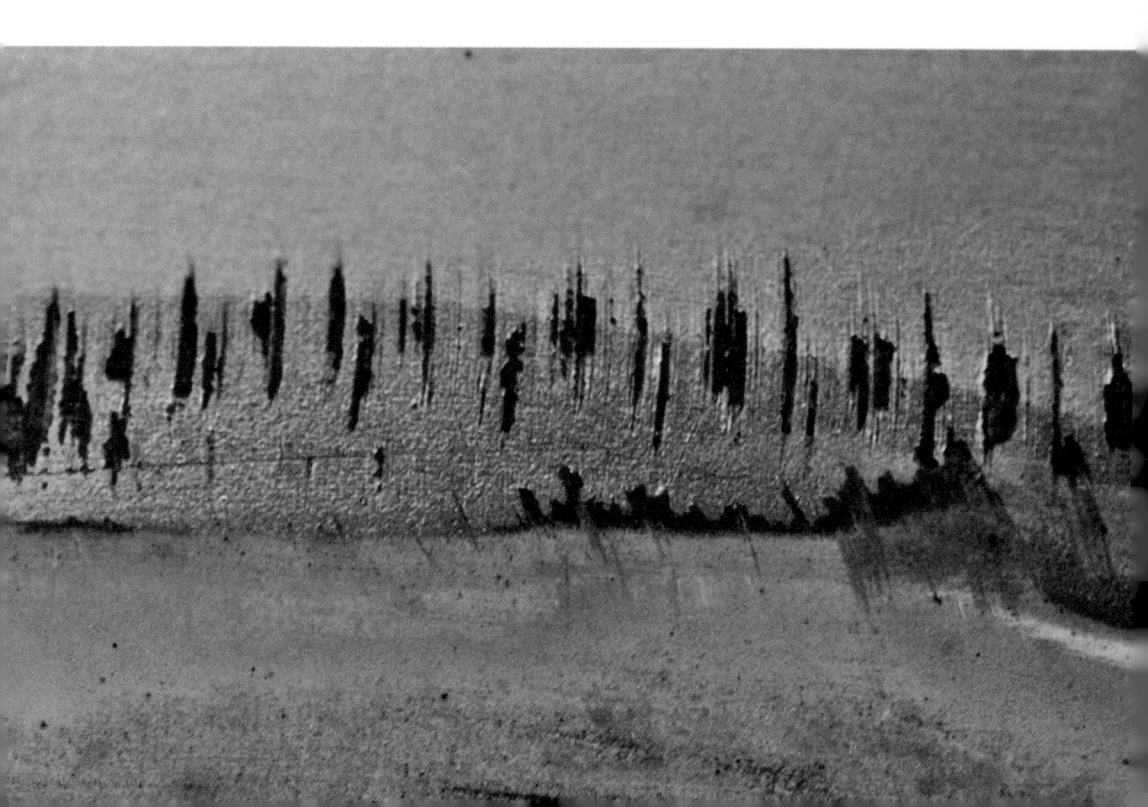

POESIA +

LINA

Vinda de toda parte
    Dona de amor e arte
        Lina pisou as folhas
            Como se fossem ilhas

Solta ao encanto mudo
    Peso do amor no mundo
        Leva aonde foram filhas
            A esse lugar que sonham

Ainda que por sensato
    Tempo de dar o salto
        Lina pisou de leve
            Como se fosse neve

E pela escassez da brisa
    Que com o olhar desliza
        Brilha ao mostrar na asa
            Como escapou da brasa

Seja a cuidar da casa
    E ao se fazer mulher
        Musa se pôs no verso
            Sendo o que a vida quer

Sempre a afirmar o inverso
    Mesmo o querer perverso
        Jogo do que se alterna
            Tendo a entreter suave

mai 92

LISA

    Lisa espalhou as folhas
        Que se fizeram ilhas
            Pondo suas escolhas
                Entre as diversas trilhas

    Leve é o colher das flores
        Que virarão só palhas
            Rindo ao cair dos galhos
                Que queimarão nas ilhas

    (Lisa abriu bem os olhos
        Logo ao tocar nas ilhas
            Como se fossem bolhas
                Onde levassem trilhas)

    Leve pisar nas palhas
        Como se fossem ilhas
            De gigantescas folhas
                Onde se achavam trilhas

out 94

AVES

      Aves que voam longe
          Podendo ver só mares
              Depois de andar em nuvens
                  Pousam em seus lugares

      Antes de estar em terra
          Sua maior conquista
              Passam o tempo ao vento
                  Com todo o mar à vista

      E ao mergulhar das nuvens
          Depois de ver só mares
              Fazem-se ouvir mais altas
                  Que os cantos das cigarras

      O leve pousar nas folhas
          Das mais distantes ilhas
              São aves que se deslocam
                  Sem esquecer as trilhas

jul 95

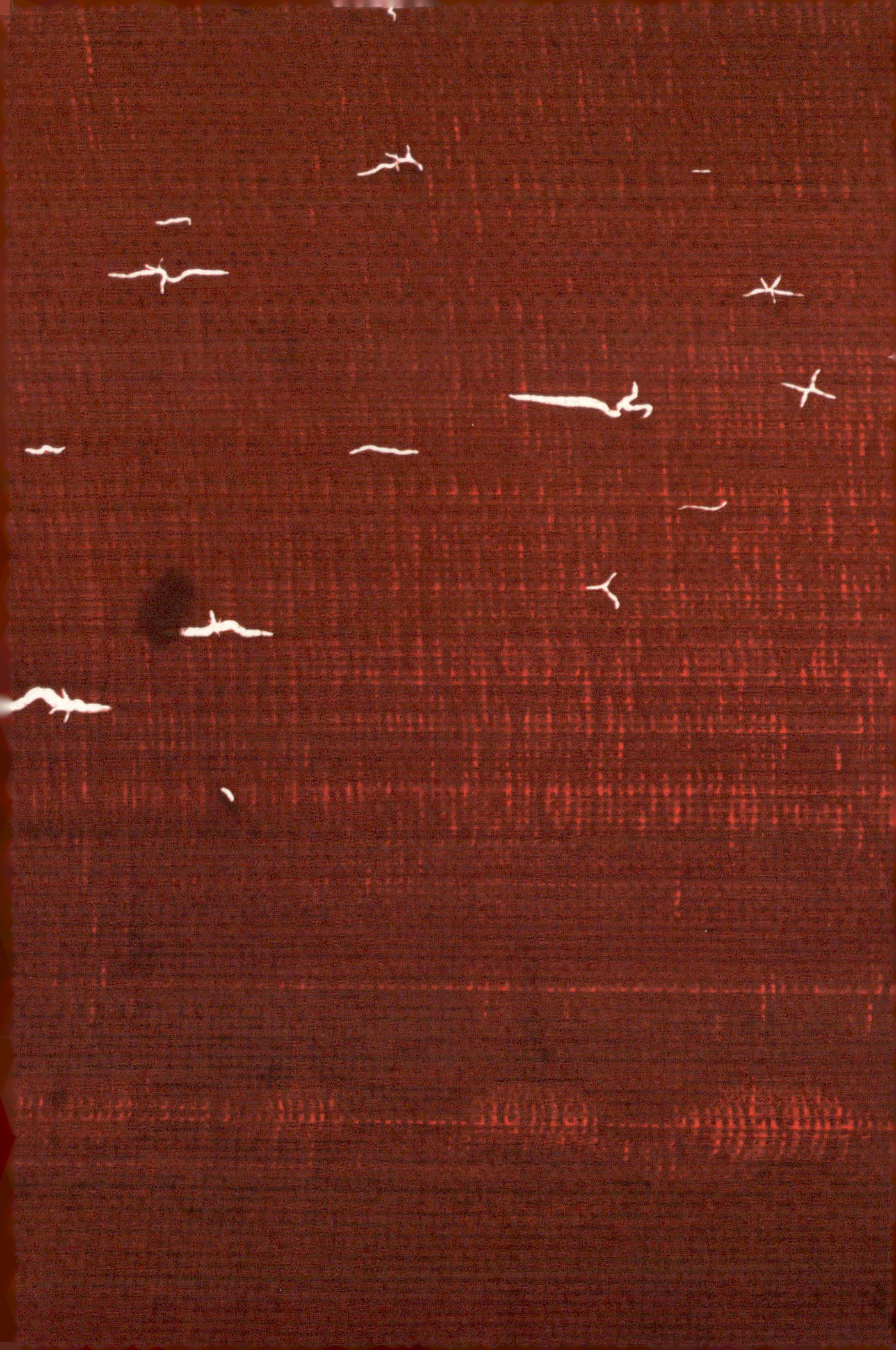

POESIA +

CASAMENTO

É o início
    De uma descida
        Pelos degraus
            Das escadas
                Da casa.

          Faz-se a curva,

        Vê-se a sala

        E mais adiante está a porta
Do que será o nosso quarto.

Em nosso quarto haverá cama
    Ai, ai, ai, que amor de cama.

```
p           você
r                       a
i           abre
m                       p
e                       o
i                       r           D E I T A
r                       t       de-             na
o                       a       pois            cama
```

E nunca fica só.

    As paredes são os anjos e as estantes duas mãos. Das escadas descem salas, que se espraiam nos tapetes e acompanham o corrimão. Com minha ponta de língua, afiando a faca de mentira, digo para os anjos: "Sim, errei, mas não por intenção".
    São tensões acumuladas, já bem sei onde me apoio: nos momentos de certeza, e abro mais meu coração.
    Com toda a doçura, sua pele macia me faz convicto de que o amor não é por acaso.

abr 93

POESIA +

Sala verde, ventilador
No alto da estante, uma estatueta
Sinta-se em casa, também é sua

No vácuo do sofá cabe um pum
No banco de pedra uma bela bunda

jun 93

O bico
Do peito
Dá gosto olhar

Com o canto
Do olho
Poder mamar

jul 93

Cedo ascendo ao som do seu sim
Ao dizer de si
Que não ficaria sem me ver
Na minha vida é sempre assim
Onde estará você?

Que não precisa nem saber
Do som de si
E do luar
Do mar, do sol
Onde estará?

jul 9

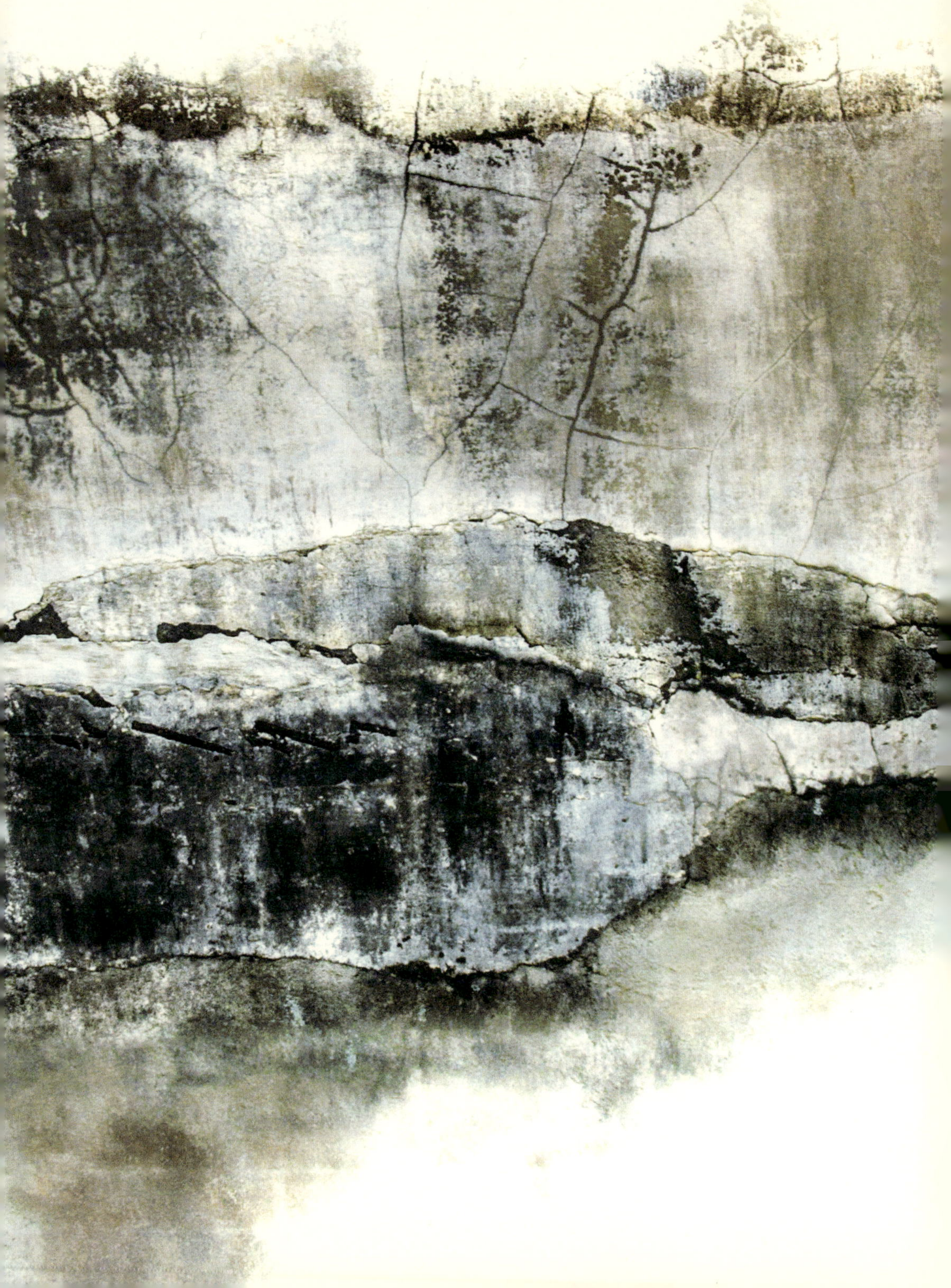

POR OUVI-LA

    Por

    ou   vi
    vi-   na   tro
    la   la

    Voa nave

    em

    si
    si   lên
    cio

    Até que

    des   sil   en   cia

    E alva em brisa traça a luz
    Que se espelha em explosões do ar
    Vindo a rolar por ondas
    Rindo ao leve acaso
    de   lu   gar   al   gum

jun 91

A coisa dos escravos, a cara lavada.
A cera de Celina, o celeiro vazando.
Vendar e vender,
No gerúndio, vendo.
Senha, tenha, venha: lenha.
A fábula moderna, por fazer,
Amanhã.
Um dia lindo, de uma volta incrível.

jul 93

TERNURA

Com a luz da lua
E das estrelas no céu
– clarões dos seus olhos –
Amanhece o dia

Abre-se a janela
Para provar mais uma
Que não seja daquelas
Horas

Abro
O olho
Com que saio
Pra rua

Procuro
Miro
Mais uma folha
E me afasto dos lençóis que a recobrem

Bebo e tomo o ar
Do seu olho

Meu tesouro
Seu corpo é luz de estrelas, lua no céu
Leve eu a levo

Raiz
Chuva para molhar-me
Eu a tenho.

(E ao caminhar pela praia
 Vejo o vento levantar sua saia:
Tudo se revela ao bel prazer
De ser só seu, o meu maior querer)

Já está afastada dos lençóis sua destreza – com todo o meu tesouro em si
Bebo do ar seu licor, destilado, de olhar diluído, bem revolvido
Seu corpo é luz de estrela e lua no céu
Pra que assim se leve, leve aos cantos do mundo

Pelo desejo que não se abandona
Dos dentes cravados em fruta saborosa
Não abre os braços, nem olhos ou mexe
Só se lambuza - com meus versos

Alheio a todas as tormentas do mundo
O sabiá que canta é o sabiá da mata, sabiá que me mata
Sujo de terra, cor da terra e de si mesmo
Meu amor, meu sopro doce e sonho de ardor à vida

Estou raiz e desejo da chuva a molhar-me
Contorno você com meus lábios aguados
E me despeço sem qualquer abandono
(Asas abanando e que se dane)

ago 91

POESIA +

Ouça minhas palavras
Pelo que são tiradas
Dessa tormenta lenta
Que ante você dispara

Resvalando a passagem
Desse universo afora
Úmidas de tristeza
Mas de alegria agora

Ondas que até flutuam
Vindas de corpo aberto
Guardam uma certeza:
O que se diz de perto

    E as imagens são de luz
    Dançam sempre aos milhões
    De sóis à sua frente
    E olhos que estão na mente

mai 92

Com muito amor dormiremos abraçados
Nossas palavras só resvalam no que querem dizer
E vão clamando por algo mais longe do pensamento errante

                Dentro do seu riso
                Sente-se enorme amor
                Que brilha à sua volta
                Como milhões de sóis

Eles dançam como é possível
Não digo que estou certo
Nem que penso o que é preciso:
Ser impossível o só

jul 93

POESIA +

    Este meu verso
        Já em seu berço
           É o começo
                De um bom acesso

– Mas se me abro assim,
E logo recebo tais desconfianças,
Então meu amor é uma balança
Do que não pode ser esquecido.

fev 94

Um verso
Que em seu início
Muito promete
E nada cumpre

    Decepciona
    Mas deixa em si
    Algumas ilhas
    De privilégio

Graça e ternura
Pelo que se deseja
Ou finge ter:
Doçura nos lábios

mar 94

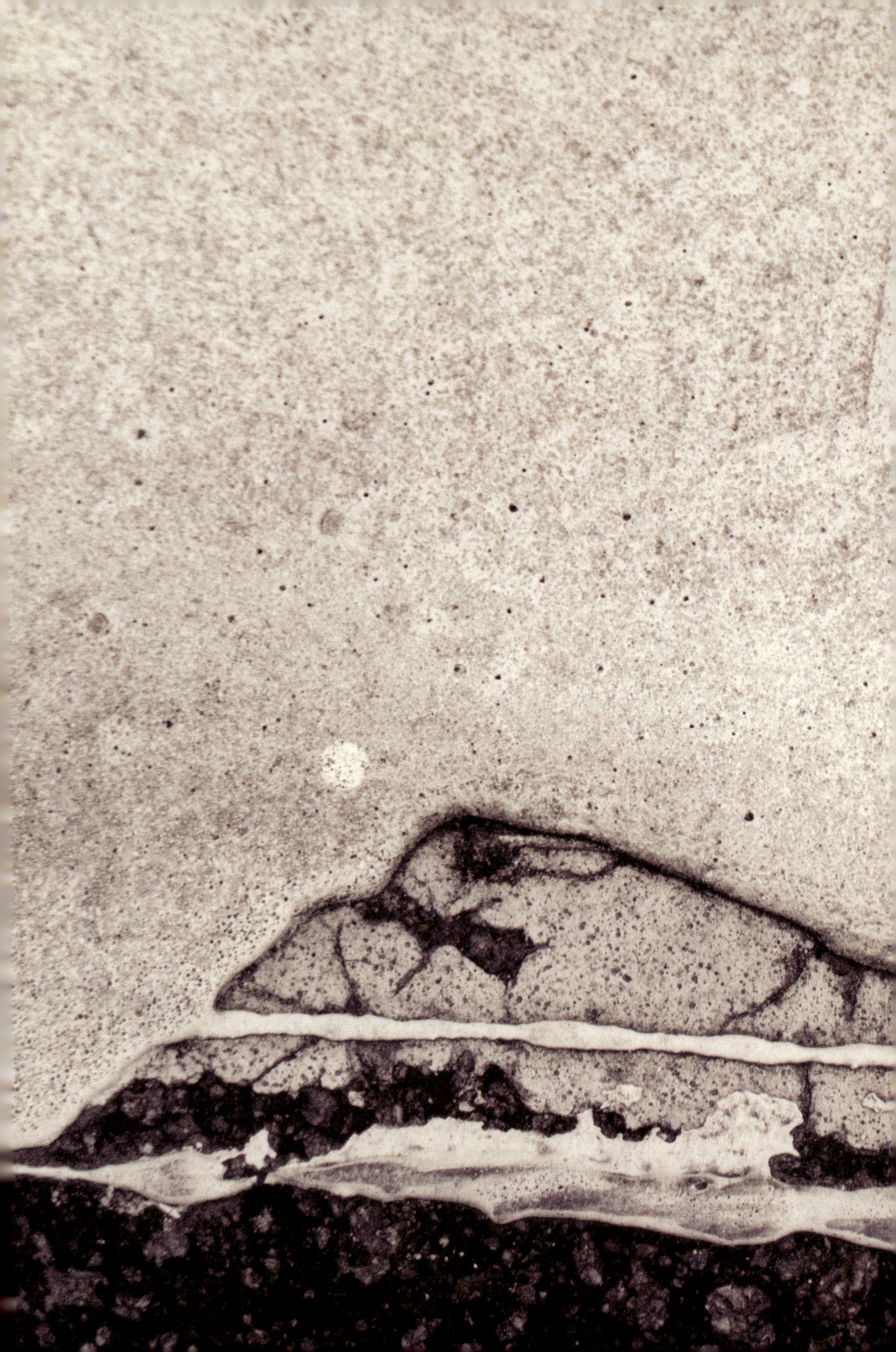

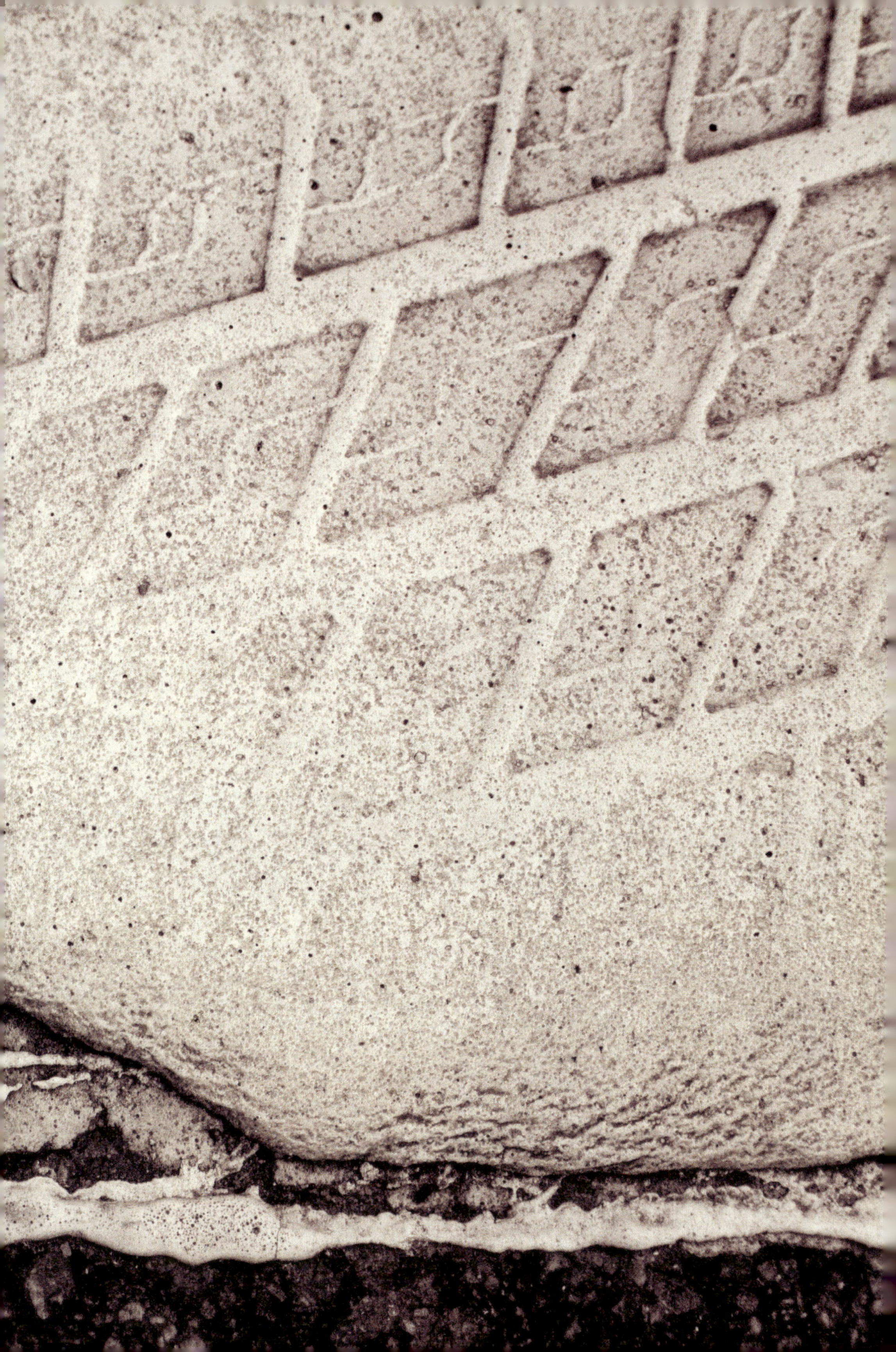

POESIA +

PAISAGEM

ENFIM PRAIA...

Nos quadros
De mar aberto
No céu há aves
Ao certo

        E dançam ao vento
        Como peixes n' água
        Lá em movimento
        Pelas correntes

Na areia correm os animais de terra
Olham-se uns aos outros
E embora até quisessem, não podem
Libertar-se de si mesmos

(Quando vejo vindo lá do outro lado
Uma pessoa assim formosa
Procuro decifrar antes de dizer
Se é aquele o meu amor

O meu amor é pessoa charmosa
Que me causa tentação a cada passo
Não sei se deveria beijá-la como a beijo
Mas sempre o faço

O meu amor me derrete em emoções
Que quando percebo, já me fazem pensativo:
Amá-la tanto é o que me faz inseguro?
Poderia ela me amar também?

O meu amor é a coisa mais certa dentro de mim
De que se uma e outra pessoa se completam,
só assim poderiam se completar
E se com ela me completo é depois de muitas tentativas
Nas areias vãs de histórias anteriores)

mai 93

LISA II

    Lisa pisou as folhas
        Como se fossem ilhas
            Flores embriagadas
                Das ilusões perdidas

    Onde se achavam trilhas
        Depois de andar em nuvens
            Sonhos que tocam folhas
                Como se fossem ilhas

    Vindas dos oceanos
        Pousam em seus cabelos
            Aves que voam longe
                Podendo olhar dos mares

    Folhas que fossem ilhas
        Dentro de uma vasilha
            São no universo bolhas
                Como se houvesse trilhas

    Elas estão nas palhas
        Das mais serenas ilhas
            Como enxergar? Tu olhas
                Como aclarar? Tu brilhas

out 95

LISA E LINA

Lisa deixou as folhas
Como se fossem ilhas
    Dentro daquelas conchas
    Soltas naquelas trilhas

Penas forrando colchas
    Quase da cor das conchas
        Filhas de uma só pedra
    Frases em redondilhas

Lina pulou das ilhas
    Quando soltou nas folhas
Presas em redondilhas
    Livres suas escolhas

    Versos que fossem brandos
De outras razões suaves
Como se fossem neves
    Flocos de fundos brancos

Ventos que fossem calmos
Lentos por seus atalhos
    Certos nas suas trilhas
        Leves em pastos mansos

Retos em alguns pontos
Sempre a buscar os cantos

mar 03

Tens meu tempo
São teus dons
Meus sentimentos

    l e v e   suave brisa branda de neve
      a
    l a g o
      o

set 92

Doce Liana
No liame tênue
De sua nuance

Luz de Vênus

set 11

Se a vida fosse viva
Eu viveria como a água
Passando por vários estados
Numa dança inesgotável

Se a vida fosse viva
Eu fluiria como vento
Sem saber de haver países
Nem notar poluição

Se a vida fosse viva
E pudesse escolher mesmo
Traria você comigo

ago 93

POESIA +

Desde o ovo
A ave vê
(Tem como saber)
O voo que fará

                                                                                          a
                                                                                    o
                                                           v
Ela sai do ovo e

Pois desde o ovo ela sabe
Do voo que alçará

                                                                                         a
                                                                        o
É nesse sentido de novo   v
Que ela sai do ovo e

E nesse sentido se dá o encontro em que é presa pela causa de existência

Desde quando ia e por onde como se agora ainda existisse alguma dor

Mas se ela existe é para trazer proteção – como a maçã para um dia cair

A maçã cai, libera a semente, que alimenta a ave, que aduba a terra...

Até quando, ninguém sabe, nunca soube, mas tudo roda neste planeta,

Que em cada planta anda e brota na existência aonde tudo vai e respira

                                 Depois que voa
                       A ave vê a borboleta e come
       (borboleta esta que também voa assim que sai do casulo)

jun 03

Laila é

r
á
p
i
 d
  a   no olhar
     para o pouso de um bem-te-vi

flecha a arca
da seita que não há

diz que o velho veio trazendo bambu
botou lenha na lareira:
      – caça na vara
      – a calça no varal

e que seu mundo é feito só de número
com a letra "ó" sendo esfera da lua

out 85

(ALEGRIA)

        Vestindo o vestido
        De alucinações
        E cores irmãs
        Iguais nas ilusões
        O broche suspeito
        Sobre o peito
        É uma linda armadura
        Pra sua amargura

        Faz-nos ouvir
        Os tiros de canhões
        Sem nada interferir
        Exceto alguns arranhões
        Ao som de trovões
        Trombando aos milhões
        O broche suspeito
        Suspenso no peito

ago 92

(RIMA POBRE, SANTA?)

    No ar da metrópole há mais do que pura ilusão
    De fumo asqueroso ao arqueiro que inventa paixão

    De dentro do mundo querendo invadir o vagão
    A chuva que sobra exagera na inundação

    Parece prever que não deve encontrar punição
    A velha guerreira que embarca no mesmo vagão

abr95

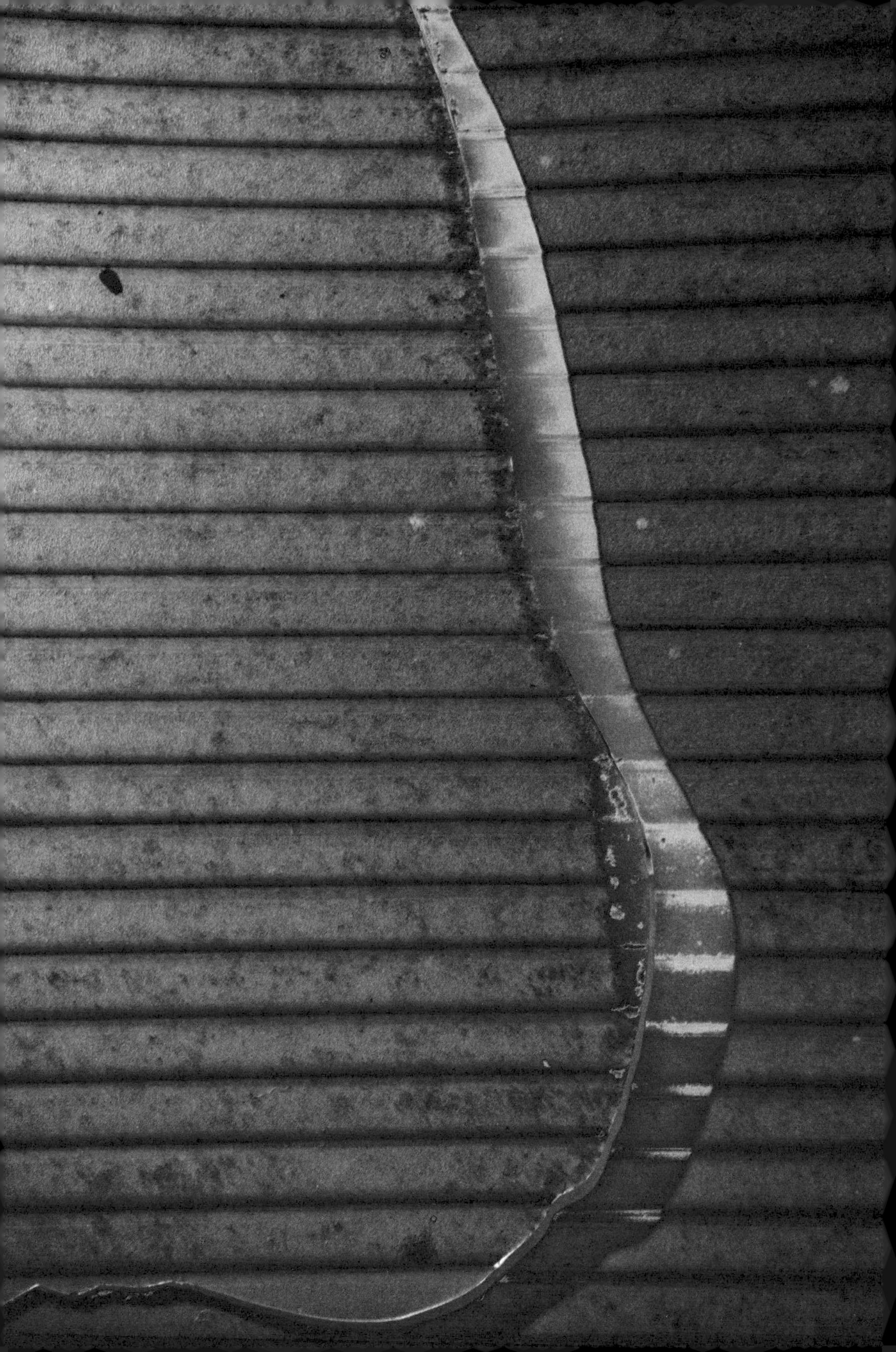

Saiu do cinema
Entrou pela trama
Do estratagema
No ideograma

Do raro planeta
Que ouviu serenata
À luz de cometa
Que ata e desata

    Bem que anoiteceu
    Mas eis que no céu
    Das coisas que leu
    Passou tudo ao léu

        Mudou de sistema
        Içou lá a flama
        De um novo poema
        De pé sobre a grama

jan 94

O drama
Da dama
Que ama:

Na grama
De pijama
O panorama
É de lama

Clama
Pela chama
No programa
De ter fama

Ainda mama
A escama
Da lhama
No fim de semana

ago 94

POESIA +

da cadeira	de uma esteira	lumeeira
da varanda	que desanda	na ciranda
sinto o sol	no farol	do atol
vejo o mar	a ligar	a brilhar
cheiro o vento	pensamento	no momento
ouço a voz	com feroz	do atroz
seu lamento	sentimento	movimento
choro seco	pelo beco	pelo deque
de tropeço	do começo	sem ter preço
na madeira	na maneira	a amoreira

jan 95

Se o amor é como um vício
Com você me satisfaço
Objetivo em ser um míssil
Explorando seu espaço

Vou à caça do seu sexo
Vendo simples o complexo
Dando ao côncavo o convexo
Sem você não tenho nexo

jul 09

POESIA +

Lá da linha do horizonte
Até onde a vista alcança
Faço ouvir cantiga mansa
Na voz de Marisa Monte

    Como brilho de uma estrela
    Que quanto mais está distante
    E mais rápida se afasta
    Só será possível vê-la

    A quem estiver sozinho
    E dali a meio caminho

J á   s e   v ê   e m   o u t r o   h o r i z o n t e

    À luz de Marisa Monte

jan 96

REVISÃO DE MÚSICA:

Com a lua   lá em cima
E a chuva   me molhando
Vou andando   no caminho
Com o vento   me seguindo

Vou descendo   pelas ruas
Esquecendo   coisas suas
Tendo a lua   e sozinho
Nas montanhas   do caminho

Procurando   esquecer
Alguns sonhos   que já tive
E se foram   como as flores
Que alegraram   meus amores

Seis semanas   voam rasas
Pelo asfalto   e sobre as casas
Deixam rastros   dos amores
Coisas suas   e sabores

out 95

POESIA +

Passa	por	imagem
Que	outros	elegem
Sobre	nossa	origem
Fingir	que	fogem
Soltando	alguma	penugem

dez 10

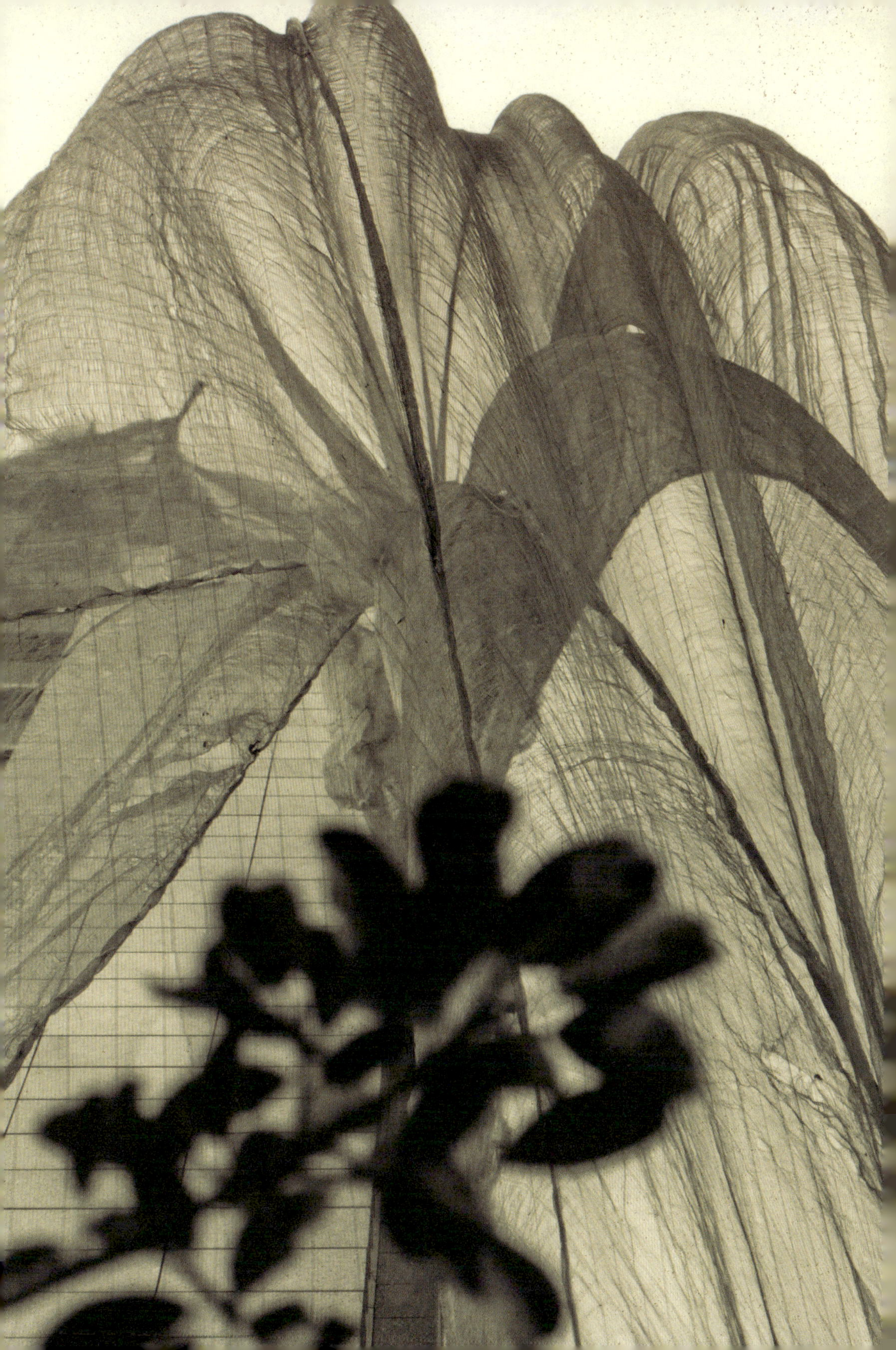

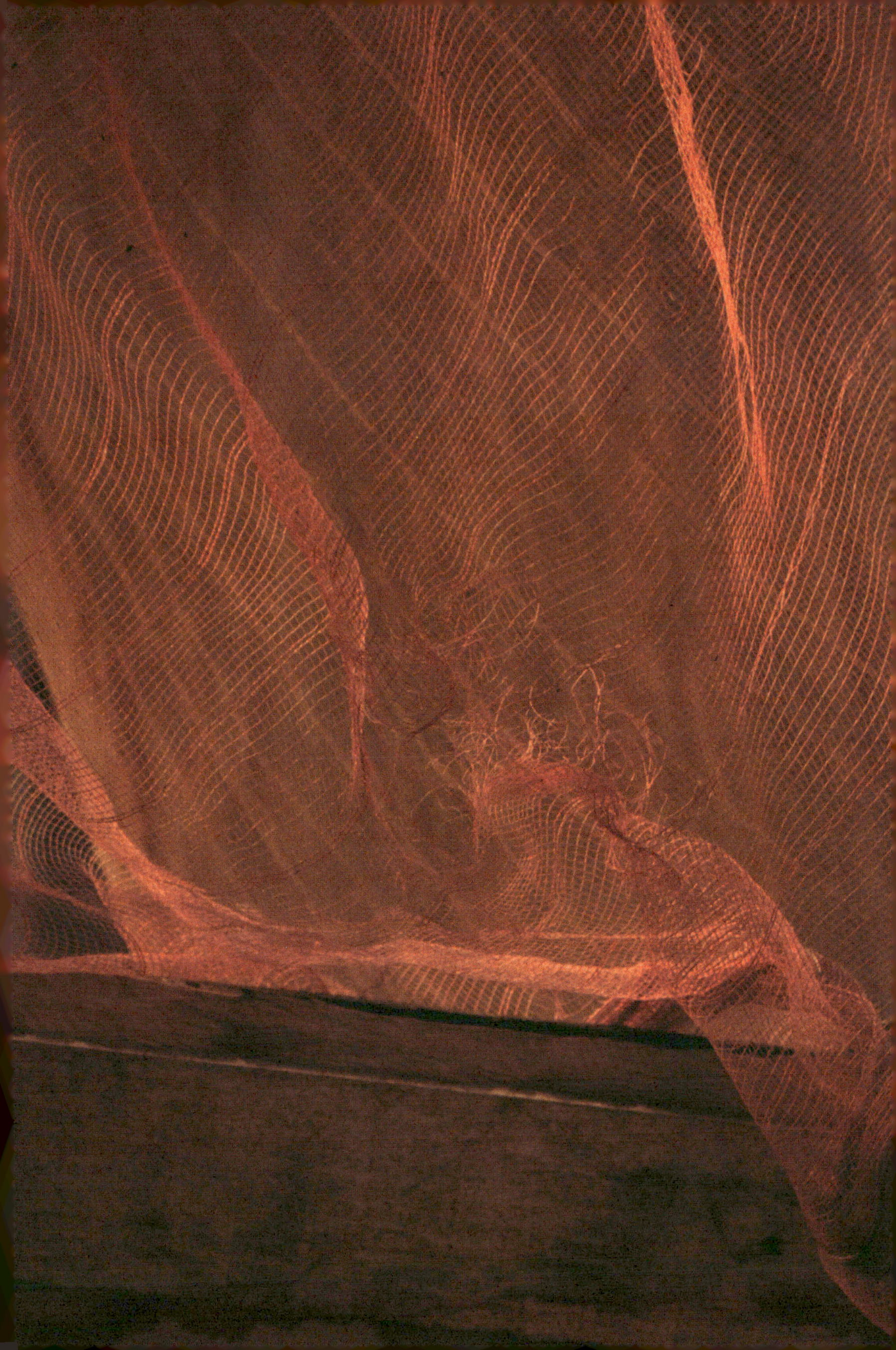

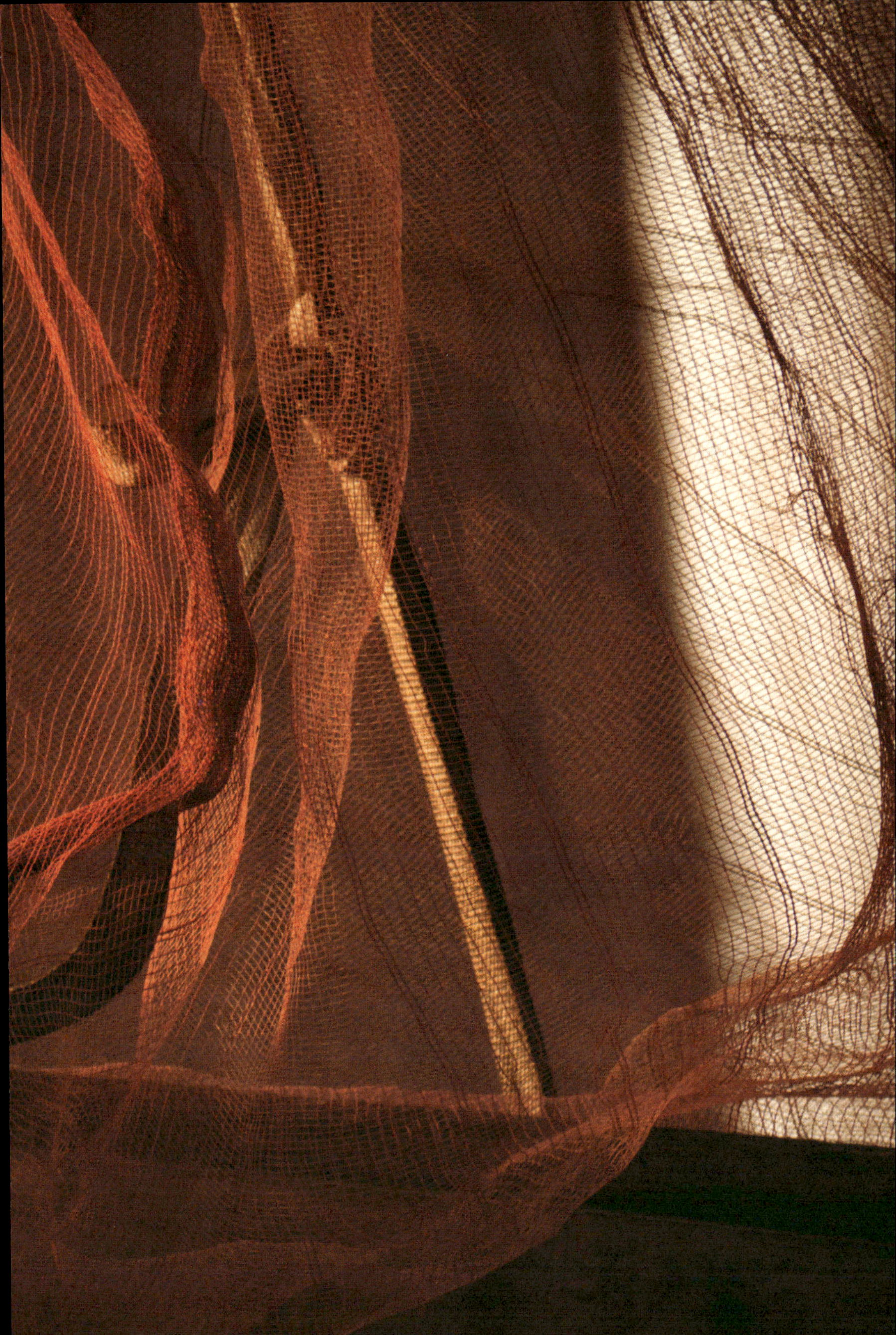

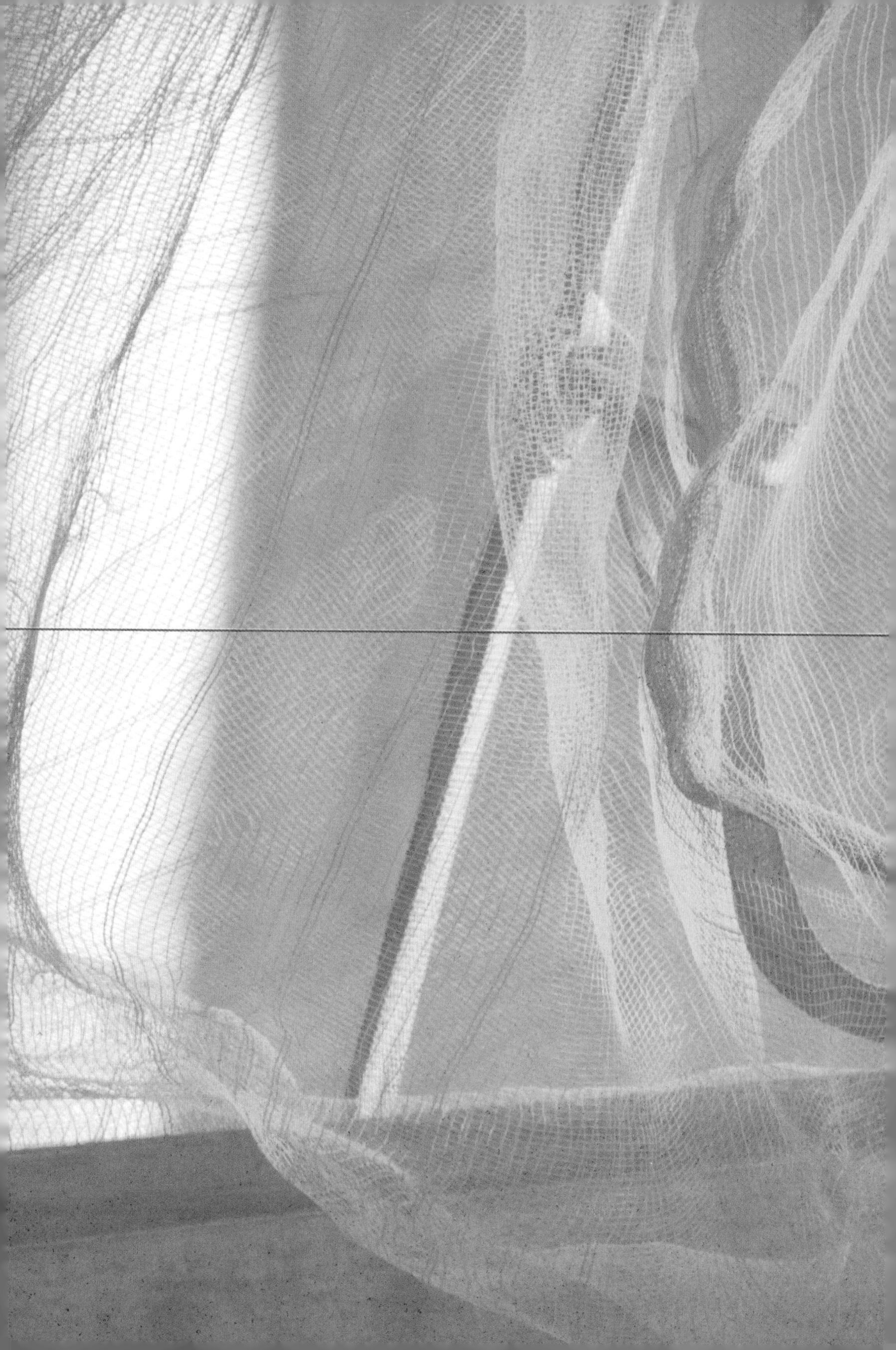

¨COESITAS¨ [9]

9. 1. Brincadeiras. 2. De "coesas", poesia coesa = coesia, de "coisinha" – ago 91

"COESITAS"

    Meu bem
          Não sei
Vê   se   me
          Dá um
T e m p o[10]

out 10

Por sílabas
Eles passaram
Na Noruega
Eles passaram
Por sílabas

out 85

Cada flor
Uma flor

out 10

---

10. Sobre música de Antonio Pinto e Taciana Barros

No sim do olhar
O sistema solar

							jun 11

Falar com Deus
Nunca é à toa
Peça desculpas
Que Ele perdoa

							jan 01

Querer você
    Por tudo
        Que ultrapassar
A luz do dia
    E não tremer
        De noite
            (a não ser de prazer)
    Há de ser
        Ainda melhor

							ago 99

"COESITAS"

Alice belíssima

dez 99

Alice, ali se vê

jul 10

Antes de ser
Vivo como
Ser vivo

jul 10

Vagas
Imagens
De imensas
Vagas

out 10

Silêncio.
E da cor branca
Se fez o tom.

                                                  set 10

Foi para isso
Que existiu
O Paraíso?

                                                  out 09

Viajou
Da cidade do interior
Para o interior
Da cidade.

No percurso fez várias escalas musicais

                                                  ago 10

"COESITAS"

Nanci Grace
Sua sonância
É de muita "interessância"

out 11

Vanessa
Volta e meia
Sonha com Ganesha

ago 10

Lis, Lau, Lin
Ter você
Isso sim
Vai ser bom,
Namorar
Pra valer

nov 09

Sagrada
Se é grega e segrega
Escreve a escrava
Agrega e segrega
À grega [11]

abr04

Na ablação [12]
Há predileção
Pela ebulição [13]
De uma loção
Na solução

abr04

Rimo de início,
Como raciocínio,
O cosmético acoplado
Ao ciclope na égide da Acrópole

abr04

11. Original do haicai, p. 39   12. Remoção da estrutura orgânica ou de parte dela   13. Vaporização

"COESITAS"

Faço alquimia
Com o mal
Que me assustaria
Não fosse a vida
A tempo me avisar

mai 04

A correção da Barra Boa
Pouco ou nada me ensinou:
A barca, a bola, a casa, o canto
Já esqueço o que passou...

jun 10

Nas *altas* montanhas do *Atlas*
Salta-se dentro de *latas*
Com *talas* no calcanhar

mai 04

Marcando toca
Com seu tique-taque
Não se dá conta
De um piripaque

Procura o cesto
De seu piquenique

set 03

Penei
Mas encontrei
Algo dinâmico
O que me importa
　　　　　É não ter pânico

out 11

Sinta-se bem　　　　ali também
Pois tudo vai e vem　　ainda bem

set 08

"COESITAS"

Luz a gás:

Cada elemento
Desse alimento
Que se elimina
Nos ilumina

set 08

Giulia mostra em sua face
Que descende sim de italianos
Tem olhos que parecem
Os desenhos de um Michelangelo

abr08

Leonardo tinha bom faro
Mas o fardo de um bardo
Abastado? Que absurdo!
Era bastardo...

out 10

Horizonte infinito
No rastro da luz,
Silêncio.
E da cor branca se fez o tom[14]

set 10

— Coisa mais linda
— "Falo" de coração

nov 08

Milhões de limões:

Ao vê-la no filme
Foi que senti mais ciúme

jan 10

14. Original do anterior

"COESITAS"

Depois de
Tido tudo
(e dito o duto)

O Doutor
Governador
Virou senhor
De Salvador

(Depois de tido de tudo)

jan 10

Cristiane
Com a jabulane
Voou longe[15]

jul 10

(Ainda com escalas musicais)

Viajou do litoral (interior) para o interior (litoral)

ago 10

---

15. Original do haicai

Arrasei-te
E azarei-te
Meu arrozal
De azeite

ago 10

Ela cantou-me
Um lindo blues

set 10

Afetivo e efetivo:
Olfato do afeto

set 10

Como Cronos
Somos Cosmos

out 10

"COESITAS"

Foi citado...
Coitado...

nov 10

Haicai: aí caí

nov 11

Lili e Laila:
Ali a Li lia

mar 12

"Zarpa, rapaz!
Mostra do que é capaz!"

jun 11

Vestiu o vestido, teceu o tecido, pescou o pescado...
E trouxe a trouxa (de roupas)

jun 11

Índia Ticuna:

Ticuninha nasceu morena de pele e cabelo
Mas clareou com o tempo...
(E importa que será sempre linda)

set 99

Os florais
Dos pardais
Já não deixais
Nos canais
E areais
Dos pantanais...

out 10

"COESITAS"

Altamente filosófica
E existencialista...
Em suas vagas lembranças
De imensas vagas...

out 10

Moral e imoral
Legal e ilegal
Lícito e ilícito
Mundo e imundo?
Nédito e inédito?

nov 10

Preparou os drinques
Deixou tudo nos trinques...

jun 11

Ela se engana
Não concatena
Só desatina
Não equaciona
Nem coaduna [16]

jul 11

Lua em linha:

Por acaso vim parar aqui
Nessa jangada
Tendo a faca e o queijo à mão...

mai 03

Nesse quesito
Esquisito
Haverá nexo
Mas em anexo

nov 11

---

16. Original: *Nunca se engana/ Não concatena/ Nem coaduna/ Só desatina*

"COESITAS"

"Venbindo"
"Leu mindo":
Ri melhor
Quem ri penúltimo

    (Nada coisa
    Uma a ver com a outra)

abr10

    Éticas Épicas
    Ou, a ética épica...
    Vista dessa ótica

jan 93

    Protocolo...
    Aliás, coca-cola:
    Colocá-la

jul 93

Princesa,
Qual o motivo
Da sua braveza?

mai 06

Embola Caramba
Embora Carambola
O Enigma de "Petigma"
Seria um Estigma?

mai 93

Vem cá:
Posso lhe dar
uma colher de chá?

dez 10

"COESITAS"

(Branca de Neve)

    De súbito
    O súdito desvencilhou-se do recato
    Indo ao regato
    Para encontrá-la

mar 94

        Cedo acorda e não vê
        Nada de excepcional
        Em se decepcionar

fev 12

        Os beija-flores
        Também já se foram
        Mas sem chorar
        Por seus amores

nov 11

Para discursos, não ligo:
Mas metem medo e destemor
Da ansiedade e descontrole

jan 12

Menor é enorme:
"Menor-me" ou "me' norme"

nov 11

Seria um tipo de machismo
"Exibir" seu "elixir"?

fev 12

– Oba, outra vez...
Diz o japonês
Já detrás do Albatroz:
– Agora quero ver Chicago

dez 10

"COESITAS"

Gosta de jazz
E de tudo que fazz:
      Levar crianças ao zoo
      A ver aves em voo

      (Trazz as duas tartarugas e está quite com o instituto – não é nenhum prostitutto)

dez 92

      No balanço da roseira
      Há uma substituta
      Que a flor desprostitui:
        – Foste tu

fev 96

      Como uma vizinha
      Ela vinha
      Para ter só conversas
      De cozinha

Redundância:
>   Como uma estrela fora de alcance...

>   mar 12

Algo se vai... :
Logo ao se preparar
Teve de disparar...

>   mar 12

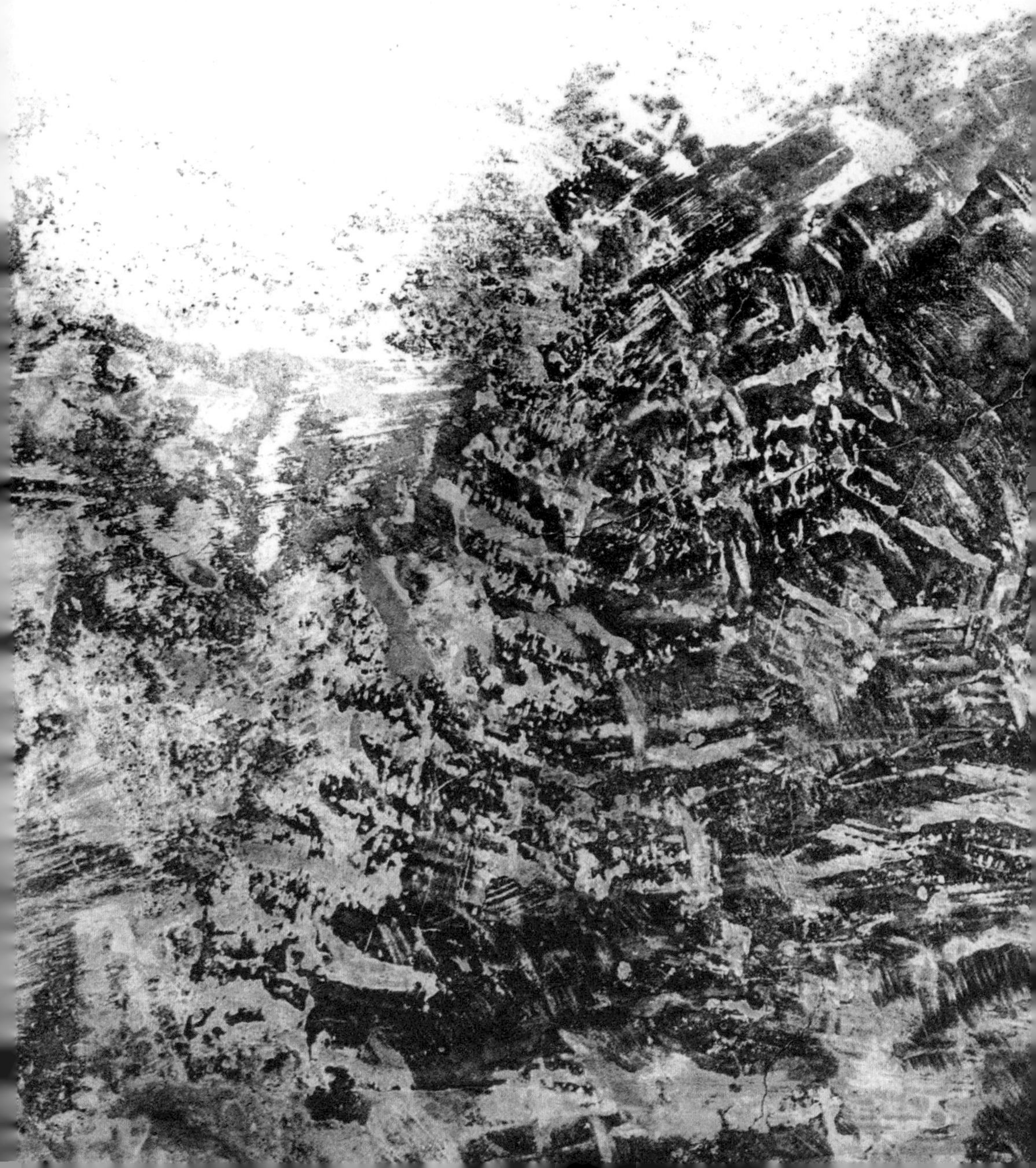

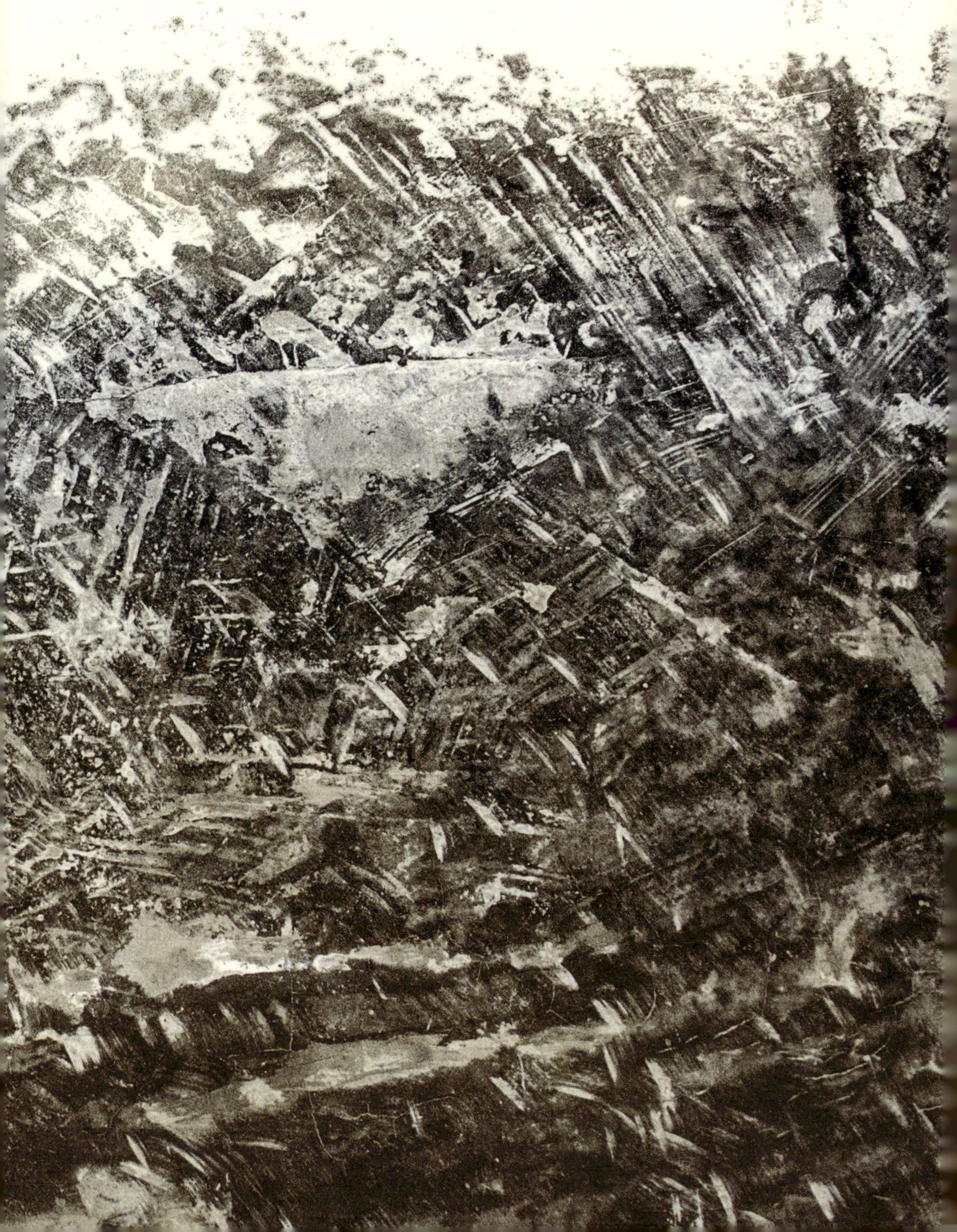

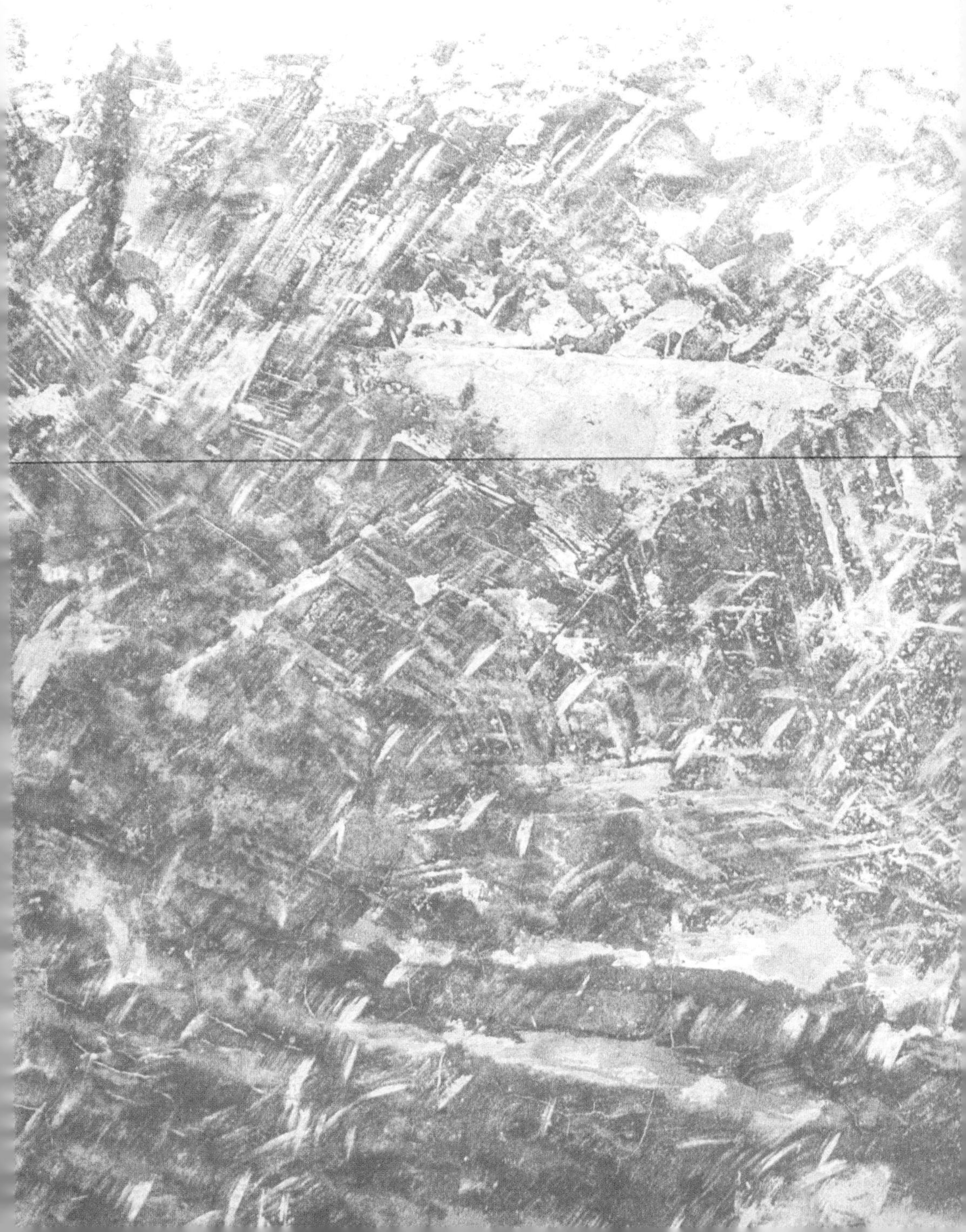

PSICODELIA

FANTASIAS

Venta o vento e volta a voar a ave
A onda do mar é mansa e acalma meu sono
Neva e na nuvem cor de uva ela já vem vindo

Ouço o som de seu próprio sonho, que vem suave
Ela solta de súbito um estrondo em sua voz
Ruído nas rochas, como no rochedo a onda
Só se quebra em silêncio ao som da lua

Lábios e lendas, na tenda de seda
Logo cedo, na manhã, vejo nascer
Da língua o leite no leito, e o leitor...
Com teor de lembrança nas almas vivas
Que sentem o laço do lago ao lado
Com a alga na água

Doce, decide descer até lá
Na lama do mangue

(E como se desse o passo em falso
Estivesse andando e de repente
Não se visse mais
Nem às coisas que faz,
Sua rotina se esvazia,
Sente-se um tanto desamparado;
Como se estivesse no meio de uma nuvem branca
Sem ver as coisas
E agora?)

nov 91

PSICODELIA

É ledo engano o que nos traz ao porto
A ver nos barcos os que se movem anormais
Há algo de insólito – eles são sólidos e maus
Só que esses barcos não têm nada de naus

Vêm de uma estrada em curva à beira do cais
À pirambeira que lhes leva a um só caos
Se aqueles bólidos marcham firmes para os sais
É sob o céu azul em que os seguem mortais

(Atento aos cálidos, ardentes sons de motor
Estou impávido e destemido em meu coração
Mas fico pálido só de lembrar
Se é tão rápido assim que esqueço a canção)

nov 91

Como de hábito veio um coelho e me mostrou
O que é ser hábil sob o voo de um gavião
Que nunca esteve atrás de um porco já morto
Pois só os bem-te-vis feriram tal predador

(Não tenho o hálito desse triste malfeitor
Que até os insetos preferiram se afastar
Escuto quieto o som de rádio dele e penso
Que ao ser só, ele é só, ele e só)

nov 91

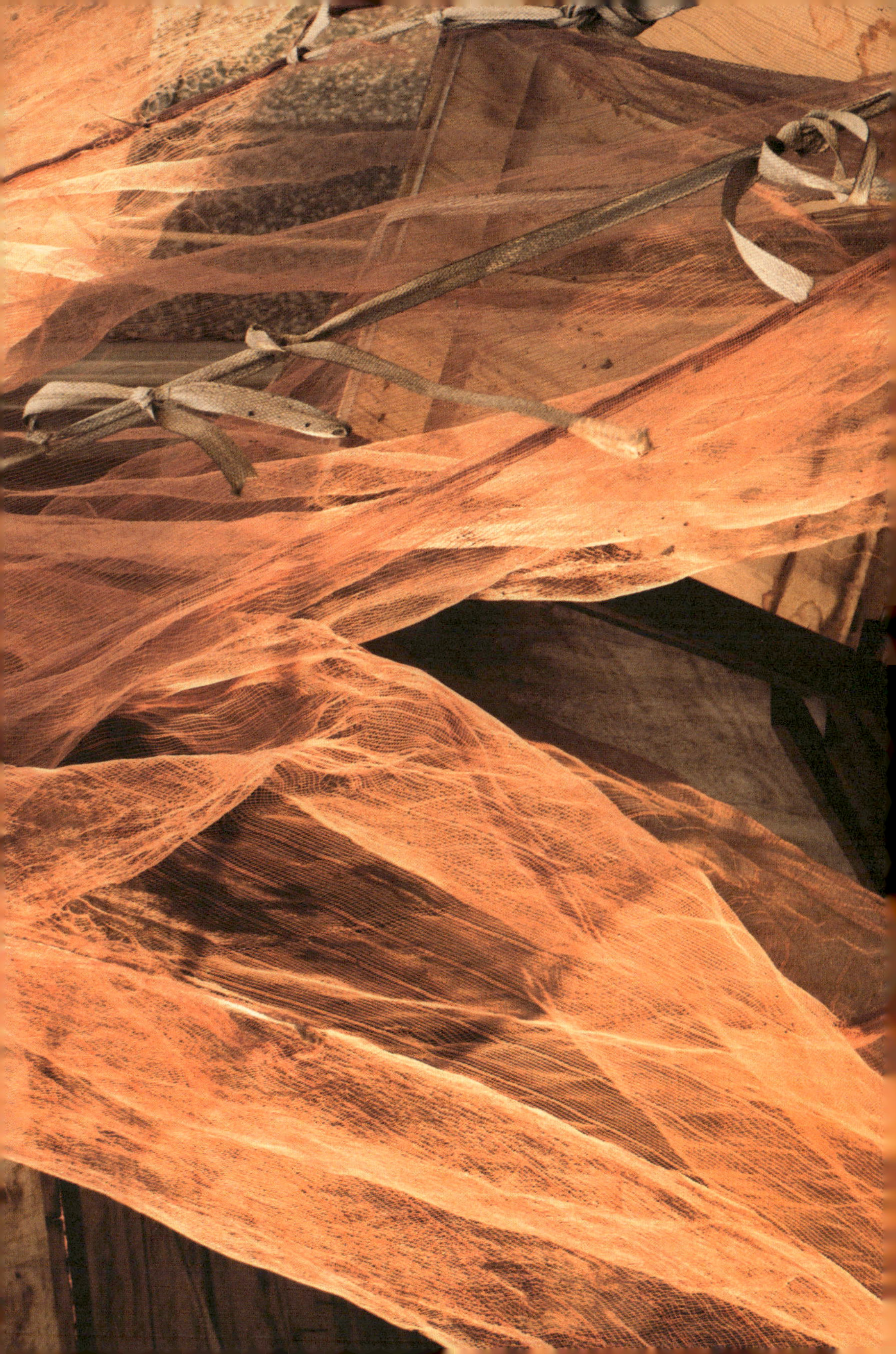

PSICODELIA

Sob o pretexto de conciliar as almas
Homens e mulheres distribuíam encargos
Àqueles que de pé se mostravam calmos
Para exercerem funções amargas

Tiveram sim de se contentar
Com as formigas que alimentavam
E na mais longa estação do ano
Propiciar-lhes sol a nutrir a falta

Não mais que vento lhes prometeram
E tendo impressões do que persistia
Deram-lhes a autonomia
De uma floresta interior

Os seres desabitaram de lá
Por uma rede em que se espalhavam
Tornando-se tudo ralo como luz no firmamento
A quem está de costas à estrela mais próxima

Veio, porém, o dia do vendaval
Esparramando-se os desejos egoístas
E levando-os a baldes encostados nos cantos
Onde se misturaram as amarguras

Resultaram as muitas fontes
De saber na igualdade
Para se possuir não o que aflora
Só longe de dentro no meio

jul 93

Um solto vagão despenca do morro quando está quase parando
O maquinista olha para trás e vê toda a cena
Ainda no ar vão saindo pela janela as galinhas e máquinas fotográficas
Mas o que sobra ainda consegue ser salvo graças à suavidade do arbusto
Que faz o vagão descer lento e repousar no rio raso

jul 93

PSICODELIA

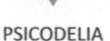

Estarei atento a pássaros que voem à direita
Notarei no vento árvores que os tomem à espreita
Por este rei que lento em átimos ressoa sua feita

Nesta hora em que vale tudo estar sereno e corajoso
Viril e doce como quem para de atravessar uma ponte
Cessa sem descansar na observação da paisagem
O que se sente por fora, mas já está dentro de si

abr 93

Rápido o coelho salta em sua toca e vê o mundo
Sobre o relevo há um lívido levedo de levedura leve e dura
Mas o que se revela é só um farrapo que ele destroça com seu sarrafo

E amassa a massa com a graça que tem a garça
A louça é louca, foge da forca com força e do que se faça com a faca
De cima da décima escada ele desce correndo

Comendo, cosendo uma renda horrenda no terreno da fazenda
Toda a moda é bela nela, mas mela na tola que não vê a bola
A bala abala, e só a fala da fada é feliz

Salva, salga, salda, safa...
Para que se possa saltar sobre a poça
E passo a passo chegar ao paço...

jul 93

PSICODELIA

Violeta está acordando
Cuida bem de nossa filha
Pois seus olhos já estão brilhando
Como neve na montanha

E como qualquer pessoa
Que já teve o coração partido
Sua voz agora soa, de vez
Ao grupo reunido: "Ama-me!"

Para qualquer lugar
"Ama-me", ela diz
Ali
Onde estivermos

E o que você pensa?
É certo
Indizível, você
É minha ternura (amo-a, sim)

nov 92

Descendo as montanhas
Fui ao encontro dela
Ela é uma criança
Paixão que me renova
Na esperança feliz

      – Boas vindas – ela me deu.
      – Isso é preciso – eu disse.
      – Assim seja – respondeu.

Agora de volta
Fico naquela saudade
Dorzinha de solidão gostosa
Passaria a vida a escrever sobre isso
Paixão que me move

Nem sei se por querer
Fazia tempo que não sentia isso
Sonho de um dia-a-dia feliz
Feliz, feliz
Ao lado dela com o maior respeito

Nem chego a imaginar a sexualidade
Apenas carinho
Já tenho muito carinho sem mesmo a conhecer
Espero ao menos estar cada vez melhor
Nisso que me move

PSICODELIA

Pouco a pouco se aproximando
Ela aparece na porta e já sei o que sinto
Pouco a pouco ela me olha
(talvez disfarçando o que adivinha)
E gosto mais dela

Mais um pouco e conversamos
O pouco que a olho de perto
Vejo imagens que guardarei muito
Pequeno ou grande o contato
Tem qualidade duradoura

– Bem-vinda à minha vida
Com toda essa paixão que sinto
Ilhas, fontes, poesia
Espero te trazer pra perto
Assim estou, gostando de ti

set 95

Algo está a fluir de dentro
Digo sim a cada coisa
E cada coisa que acontece
Transforma-se em outra

Novidades que brotam
Das antigas
A nova flor que me atrai

set 95

(De onde ela trará...)

Andei desperdiçando
Sua vontade de me ter
Mas mando, assim que me der
Saudade, amor pra você

— Meu anjo, onde está?
— Pra quem você dá?
— Depois, o que fará?

set 95

PSICODELIA

(Parodiando)

Ouça
Este canto
Espesso
Do espelho
Ao avesso
Pulo puro da onça
Sobre a louça

Ouça
O som
Que vem
De dentro
Do ser

Vaga
Imagem
Que vi

A dobradiça da xícara no cavalo

Havia lá
Sobre o globo
Teu pequeno lugar
— Pedaço de terra —
Sob o bom céu
Cujos habitantes tinham plena organização
Sócio-intelectual...

fev 92

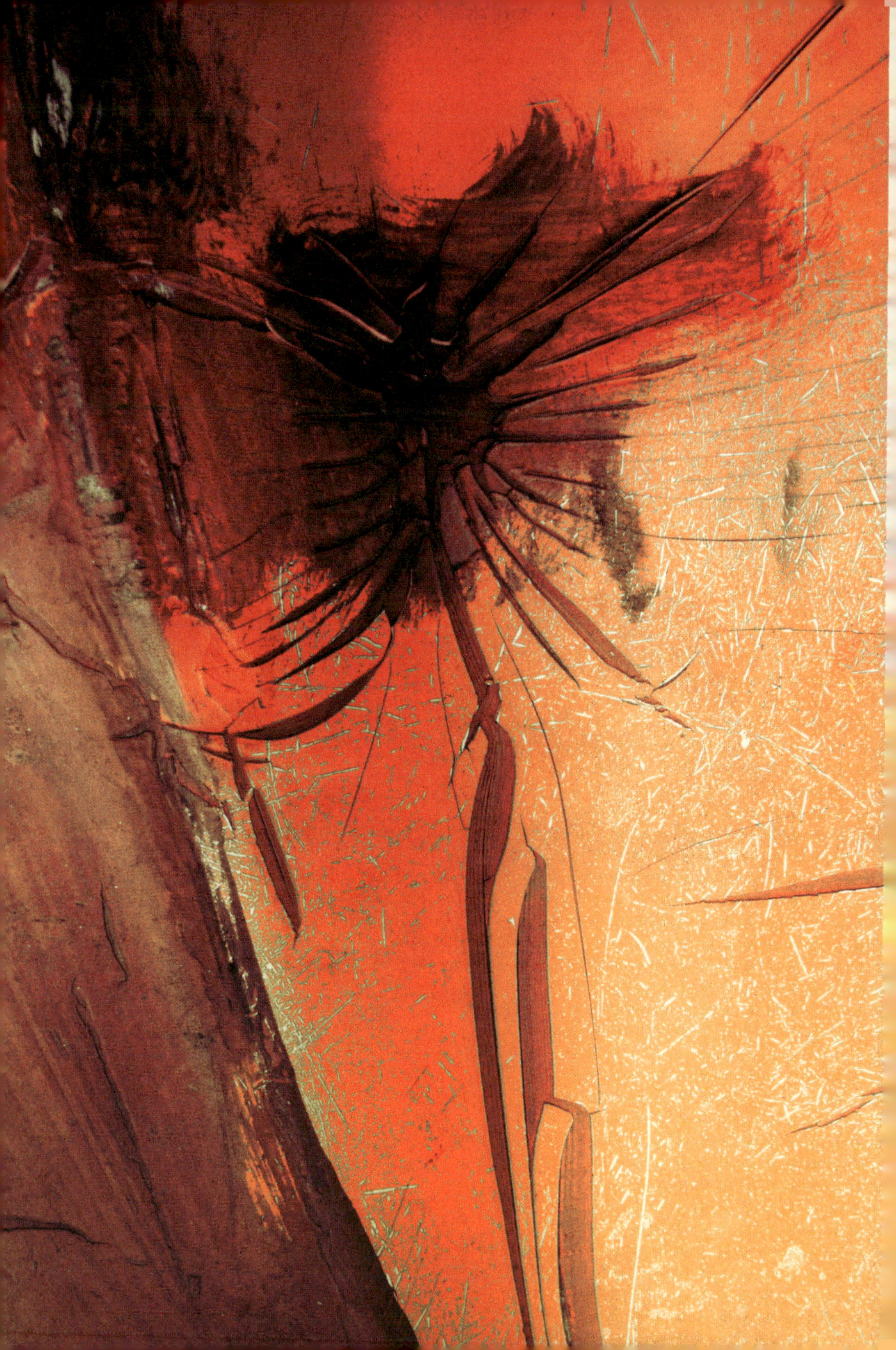

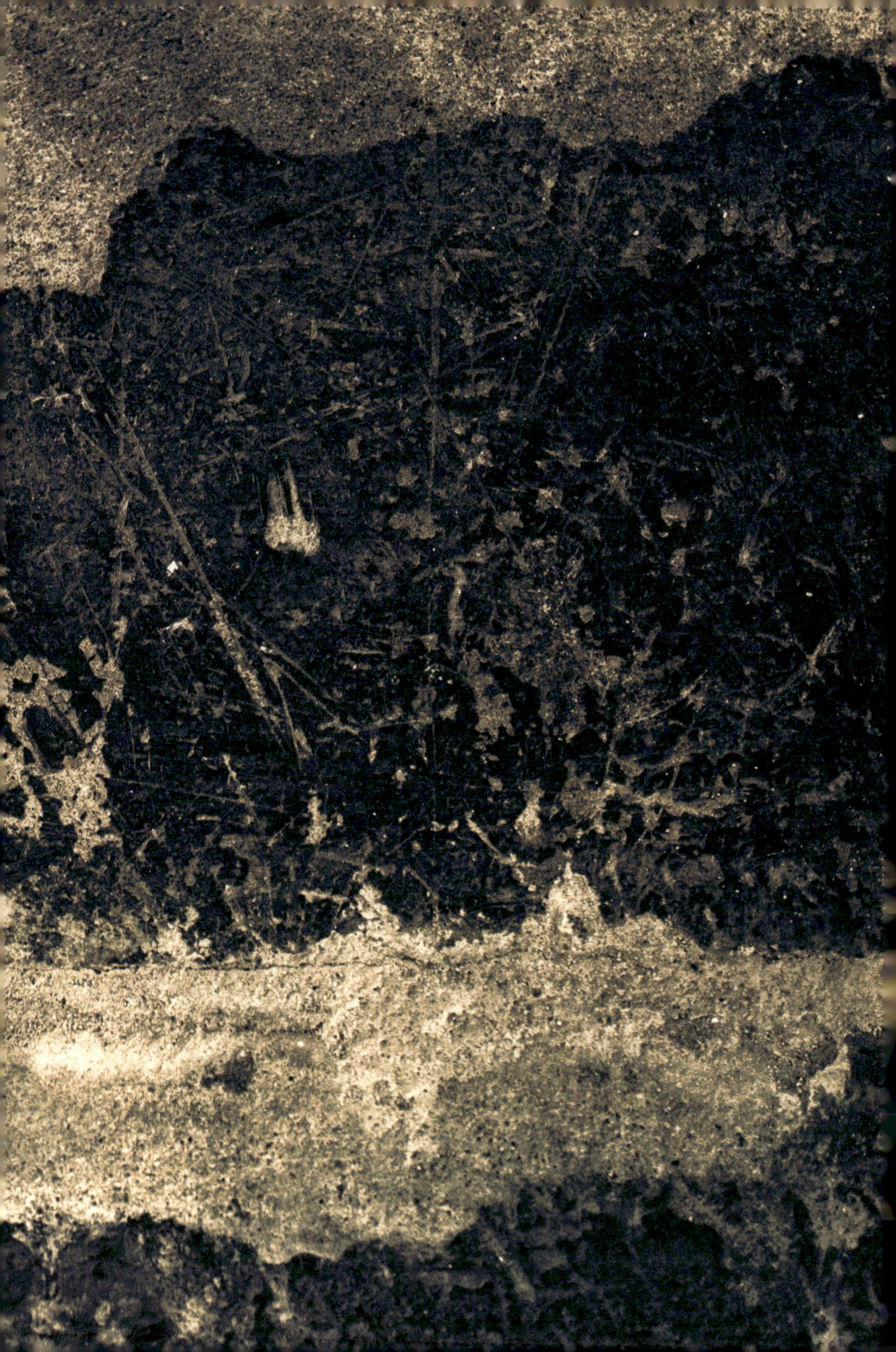

FABULITAS

Uma aranha
Sobre a lenha
Que era minha
Tão bisonha
Me propunha   companhia

(Tem a manha
Mas não me venha
Com a ladainha
De que sonha
Roer unha)

                              mai 03

Já escuto uma coruja
Quero ouvir da dita cuja
Se ela gosta só de rato
"Qual será o seu barato?"

Nesse passo de elefante
Já me sinto elegante...

                              jan 02

PSICODELIA

Apesar de vaiado
Chamado de veado
No pensamento avaliado
Não se sentiu avariado

ago 03

Se o dia é amargo   —   adoce o dia
      tr   a b a l h e
    como   a b e l h a

jan 12

Pausa para falar do meu amor
Amada mais querida
Flor delicada à abelha que lhe suga o mel
Dessa natureza tão bela
Que mela:

Louco por você – sou louco por você
           Eu amo você
               Amo

jun 95

Como ensinou o lobo
Para alertar a lebre
Nunca se acomode
E tenha uma vida alegre

jun 94

Mosca luminosa:

    Você vê do que eu tenho
    Mas não tem do que eu vi
    Você lê tudo que eu compro
    Mas não compra o que eu li

    Você faz com que eu sinta
    Que não sente o que lhe fiz
    Sempre é contra o que eu digo
    E assim se contradiz

jul 09

PSICODELIA

Em meio à tribulação
Noé construiu a arca
Qual uma enorme barca
Sendo a tripulação

Seus filhos pescadores
Para ajudar os bichos
A dar com novos nichos
Longe dos pecadores

dez 10

Jésus quis transformar
Pecadores em pescadores
("O mar é o mundo – e os peixes são os homens")

(Caiu / Terra / Ônibus / Ônix)

Depois de comer o pão
Que o diabo amassou
Conseguiu ter a faca
E o queijo à mão

mar 04

Sem apontar saídas [17]
Homens cercaram vidas
Com arsenais ativos
Só lhes dizendo: "Ide-vos"

    E ao preservar as tribos
    Longe dos "caraíbas"
    Os homens em seus estribos
    Foram-se ao Paraíba

mar 94

Em nada renego musas [18]
    Donas de suas asas
        Que nuas pisaram folhas
            Ao adentrarem trilhas

(Nada me lembram musas
    Que não tivessem asas
        Nunca pisassem folhas
            Nem revelassem ilhas)

    Flores embriagadas
        Das ilusões perdidas

jan 99

17. Tentativa sobre trecho poético de G. Rosa   18. Novos velhos exercícios

PSICODELIA

Anjos deixaram folhas
    Que se fizeram ilhas
        Onde plantaram flores
            Que se tornaram filhas

    Anjos disseram ao alto
        Como evitar o asfalto
            Sempre pisaram leve
                Quando fizeram neve

        Onde já estiveram
            Tinham de olhar de lado
                Pro que se viu colado
                      Em ambos os sentidos

            Anjos nos inverteram
                Mais do que perverteram
                    Eles nos alteraram
                        E sempre nos alertaram

mar 94

Domingo é mais fácil manter a calma
        A fazer coisas com alma

Coelhos vão falar: conselhos hão de dar

mar 04

Certa vez uma aranha
Provocou o morcego
Que a devorou sem piedade
Veio então uma serpente (com cara de demente)
E sugou todos os fios
Até triturar aqueles ossinhos em sua barriga (até aí tudo bem)
Foi quando aconteceu algo estranho:
A cobra, que não voava,
Começou a se dependurar de ponta cabeça nos galhos das árvores
E a assistir à TV desligada no meio da noite
A cobra botava ovo, mas não era ave,
E ficou se perguntando:
Baleia é peixe?
Alguém já viu ovinhos de morcego?
E veio a resposta:
A AVE A AVE A AVE
O OVO O OVO O OVO
O VOO
Palavras que usam todas as vogais:
Sob o eucalipto
A arara, o serelepe, o siri, o lobo e o urubu,
Fizeram uma reunião da comunidade.

nov 03

(ATO)

    De fato
    O gato
    É mais sensato
    Que o rato

    O pacato
    Bicho do mato
    Tem bico-de-pato
    E nada em regato [19]

        Já o literato
    Divaga sobre o tato
    Mas não come deste prato
    Por puro recato

Já não bato
        Nem desato
        Meus sonhos
        Em artesanato

O coelho-do-mato
Cometeu um hiato
Ao crer no boato
De imediato

        Para não perder o mandato
        Nem cair no anonimato
        O típico chato
        Falou em pentacampeonato

        Grato
        Ao ato
        Em que mostrou
        Seu tato

ago 93

---

19. Original do haicai e sua continuação

A sorveteira
Da sorveteria
Faz de tudo com a palmeira:
Jaboticabeira, bananeira, pereira
Trepadeira, videira e etcetereira

jul 94

(Rosas leves)

São leves as rosas
Como plumas de aves grandes

Uma borboleta bate as asas
E se vê que sem elas não seria borboleta...

out 92

Carnívoros e outros:

Mesmo o gato e o cachorro
São tão próximos assim
Como o pato e a galinha
Como a vaca e o cavalo

abr 12

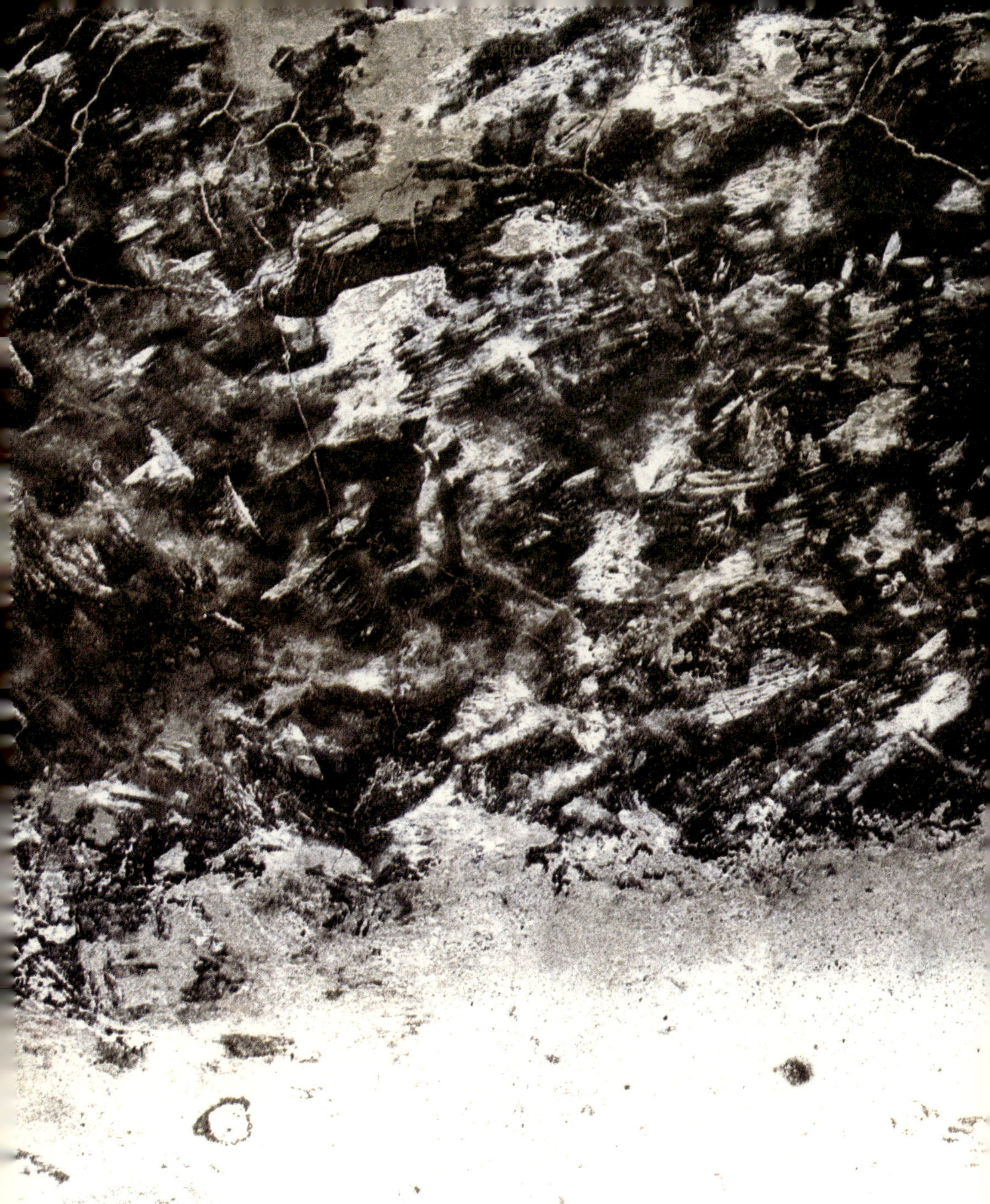

PSICODELIA

SEMIANAPESTOS

NADA CLARO

Mesmo nada sendo claro
Pra que fosse enxergar
Que hoje estão refeitos
Alguns laços de amor

A musa antiga
Que nunca se vê
Quis ser minha amiga
E eu de você

E não é claro
Se devo esquecer
Toda uma desfeita
Sem nunca entender

A musa rara
Que tanto esperei
Mesmo sem promessas
De ser quem eu sei

    (Mas algo é claro
    E ali posso enxergar
    Meu laço tão antigo
    De quando se é amigo

        Que em nada se permite
        Postergar uma ação
        Dando-se ao limite
        De alterar seu coração

        E ainda que se grite
        De tão preso à própria mão
        Nada é além do que se emite
        Pela linha da canção)

jun 92

INFÂNCIA

Na terna infância
De um duro viver
As coisas que quis
Trouxeram pra eu ver

E aquela senhora
Que viu quem eu sou
Não pude deixá-la
Saber onde estou

Contendo os impulsos
Expulsos de lá
De bichos mais soltos
Que iria domar

Rompi sofrimentos
E a estúpida dor
De tão decidido
A me recompor

E os bichos mais soltos
Que vinham de lá
São bichos do mato
Que iria domar

Por outra saída
Prefiro manjar
Sabores amargos
Do magro jantar

Se sabem meu sonho
De fraude e ilusão
Já há liberdade
Só falta visão

À fé corrompida
A que devo chorar
Vivendo com medo
De o dia acabar

mar 95

DIVA

Ó diva abrasiva
Da cara pintada
Recebe passiva
Na cama melada

A ira invasiva
Da tal madrugada
Na noite lasciva
Dormindo pelada

Se agora é tão tarde
Pra o dia nascer
Passaram-se horas
Sem alvorecer

São duas as pernas
Que posso querer
Senti-las tão ternas
É o belo prazer

(Andando de costas
Procuro esquecer
As poucas respostas
Que pude colher

Aquelas estrelas
Que queira ainda ouvir
Se pode só vê-las
Melhor refletir

Se são mesmo puras
Se brilham por si
Nas noites escuras
Ou buscam aqui

Andando de costas
Tentando esconder
Não vou dar respostas
Nem quero mais ter)

mar 95

SELVAGEM

Na fuga amarga
Não sei aonde vou
Já não guardo sonhos
Nem lembro quem sou

À praia estranha
Não vou mais voltar
Só restam-me punhos
Sem ter que lutar

E se dessa estrada
Vou ver Maringá
Já não há mais meios
De você chegar

A sombra escura
Preciso evitar
O olhar mais sombrio
Que soube lançar

Já não teve hora
Pra você ligar
E agora é tão tarde
Não vou esperar

Na sombra escura
Querer te abraçar
Já não são desejos
São pedras do mar

E o meu longo anseio
De enfim te beijar
Já não tem sentido
São voltas sem dar

À praia estranha
Querer te levar
Sem haver receio
De você negar

Só no meu espelho
Reflete o lugar
Onde estão teus sonhos
E coisas de lá

Da hora escura
E há pouco que achar
Já não são meus punhos
Que querem lutar

São só teus meus sonhos
Se assim escolheu
O olhar já sem brilho
Que a noite me deu

ago 06

NÃO SEI ME SUPERAR

A sombra escura
Não sei se passou
São apenas nuvens
Que você deixou

Em terras bem duras
Que tento irrigar
Já passei securas
Nem quero lembrar

E a noite obscura
Difícil passar
Trouxe a dor impura
Sem nada a mostrar

A moça tão doce
Que eu quis tanto amar
São nuvens só rasas
Também vão passar

Da moça assim tola
Que a mim rejeitou
E o sabor amargo
Que você deixou

E não são só penas
Nem tanto ilusões
De que estão mais plenas
Matando o amor

    Só não sei superar
           O que está a me abalar
                    De tanto atrasar

    E as amarguras
    Que possam listar
    Quase não importam
    Preciso afastar

out 06

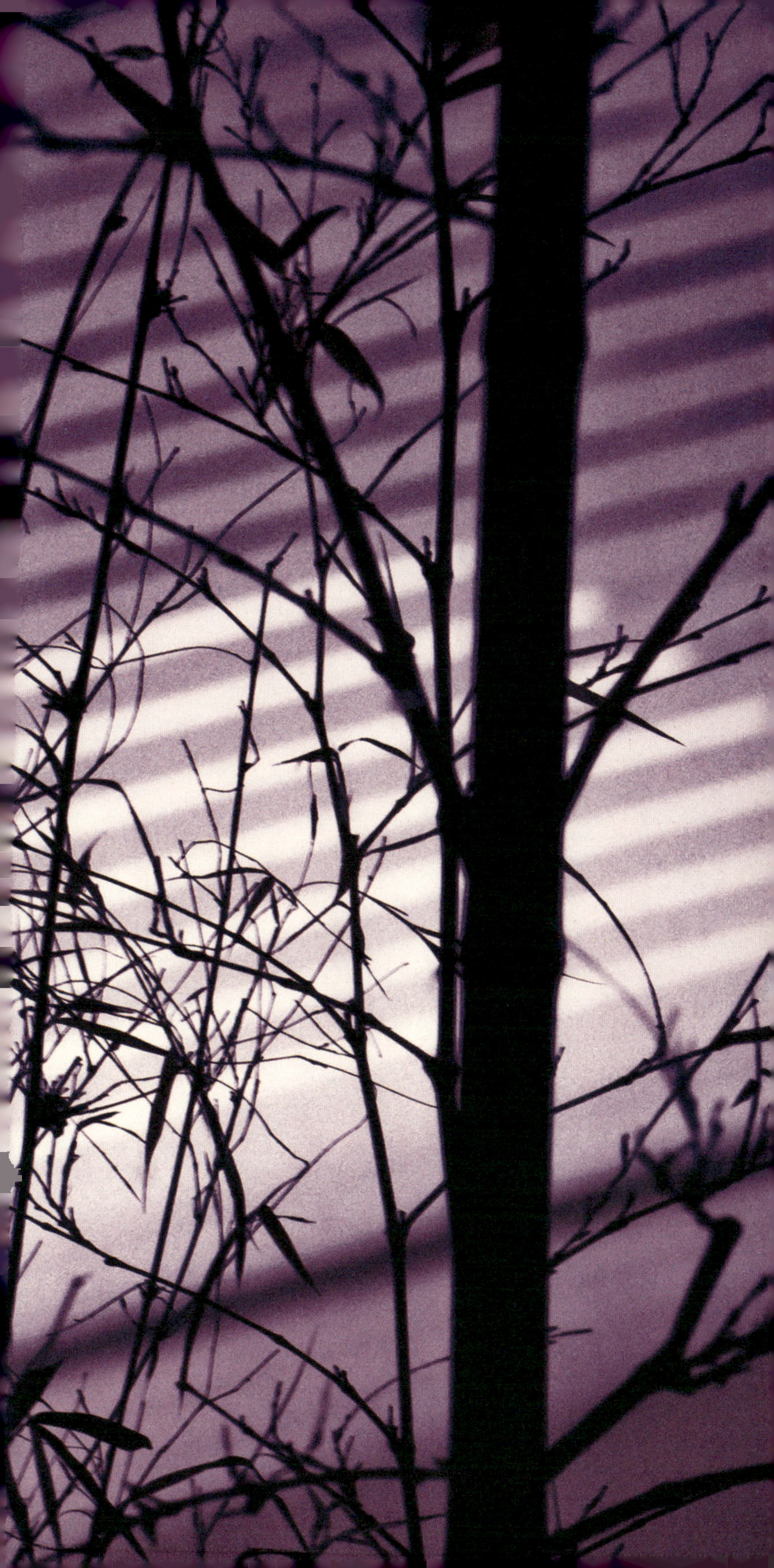

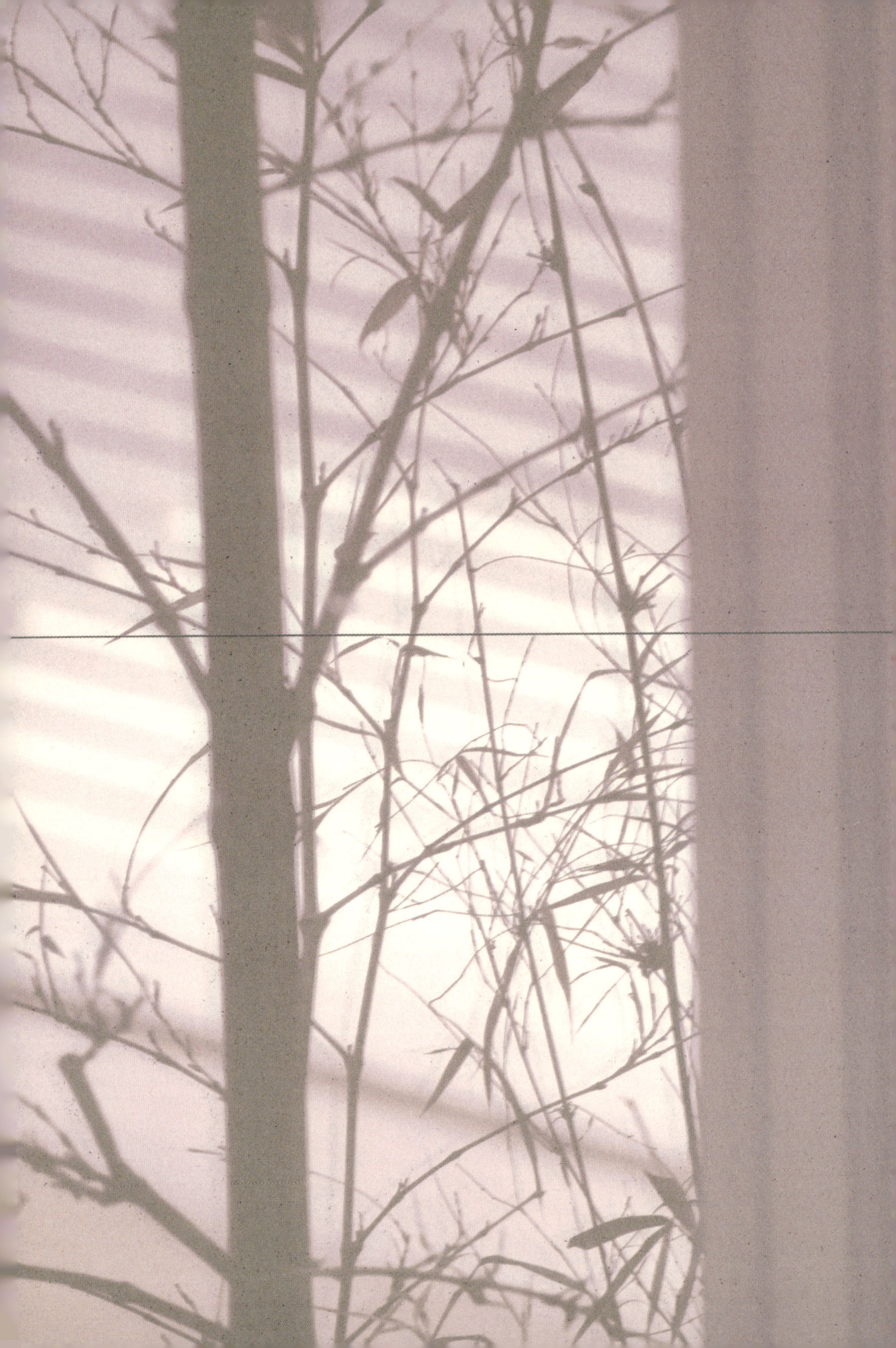

NAQUELA ONDA

MAROLA PEQUENA

Ela
Colhe
Flores
De manhã
E se diverte
Tomando chá
Com minha irmã

De manhã em Mauá
Com minha irmã
Tomando chá
Ela desenha
Uma casa
Para
Si

nov 91

Quase quebrou
Um vidro de *flowers*,
Achando que pudesse ter a ver
Com ácido lisérgico.
Como pode?
Seu sonho acabou.

out 91

GESTOS COTIDIANOS:

       Se as idades
       Anos gemi
       Imitador (de) ti
       Fama "fodida"
       Taturana gótica
       Sedutora
       Acodes (nos) emirados
       Aros (e no) ar

nov 91

Seus olhos azuis
São como o longo mar
Em um dia ainda triste
Porque de manhã
Ao sair de casa
Afasto-me deles

Seus olhos castanhos
São de uma montanha
Que ali atrás
No meio do claro azul
Vê trilhar o sol
Por seus olhos tristes
Esperando que eu volte

Toca o sino
Diz que é bom
Soar na matina
Dim-dém-dóm

Dorme cedo
E sonha só
Som da manhãzinha
Lá-si-dó

fev 92

NAQUELA ONDA

Morena
    Seu corpo
        É quase só seu

Mas você tem a cabeça no lugar
    Pra cuidar dele
        E assim cuida do meu

        Quando os lusos viram velas
        Deram tiros de canhão
        E ao recebê-los, o rei, ao governador
        Disse que se decidisse

fev 92

Quero teu amor – puro e muito
Ariqui-tratom-branqui-amarêqui
Caminhoncaio-aitên-ameiqui
Ao longo do longo muro
Ficar bem consigo – consegue
Quero teu amor – puro e prazeroso

ago 92

NAMORO:

Você nua em meu banheiro
Toma o seu banho
E eu aqui
Fumo um cigarro

Logo vou preparar a comida
Você é a coisa mais linda
Que existe
E eu amo

out 92

BOLAÇÕES:

Estando todos em torno
De uma bola de fogo
Ele nasceu na floresta
Com um desenho na testa

Então agora de novo
Em torno à bola de fogo
Vamos nadar e amar
Pegando as ondas do mar

mai 92

Os jornais estão lá
Aqui é a minha poesia

    (a palavra
        é mais pura
  quando almeja
        justo a fuga)

A criança
    Concebida
        Pro leite do peito
            No ventre e pau

        Felicidade
        Recebe ali da baía
        Dando parabéns a você
        Pela poligamia

E só pelos teus seios
Não criarei mais transtornos

set 92

A ÁRVORE

Multiplicando sinais
Ela é manhosa demais
Levanta o olho rapaz
Nem ela sabe o que faz

    Apenas deixe viver
    O que se faz esquecer
    O seu olhar ela vê
    Mas nunca está em você

Se a correnteza parou
A contradança passou
Apenas sinta o calor
Mas não espere do amor

    Apenas ela sorriu
    Você brincou e não viu
    A correnteza do rio
    Relança as águas ao frio

Aqueles olhos de luz
Em nada isso reduz
Eu já não sei onde pus
Comida aos urubus

NAQUELA ONDA

Vem chegando de mansinho
Como nada que é real
Vem mostrando a fantasia
De um ser tão desigual

Nada consta sobre o vento
Apetece o desamor
Mas aquele movimento
Sai curado do rancor

Etecétera etecétera
Já nem penso no que falo
Etecétera etecétera
Só assim é que me calo

(Mas falo palavras do falo
Que estava tão quietinho
E agora sorri de alegria)

Você insiste
Mas não sei onde está
Meu bem, tão caramelado
Sem você é que não dá

Estou tarado
Pensando em você
É só você que me ama
E sente apenas o que vê

Você está longe
Mas sempre se aproxima
Um dia vem por baixo
E outro dia de cima

Abre a janela e vê
Que sou só de você
Depois de dar um tempo
O meu desejo é maior

Você é o grande caso
De laço e enlace

Você no raso
      No fundo ou na areia
           Na lua cheia
                É a luz de que tanto preciso

                  Meu grande caso é você

L e i a - s e:
    Em noite de luz
    Meu amor
    Sonho contigo

jan 93

Não dar trela às estrelas:
Bolar o Labor

jul 93

Vejo o mar do fim da noite ao meio-dia
Há três dias que não peço um gole seu

Caprichosos os que optam entre
Duas possibilidades
São diferentes da água e de outros fluidos
Que obedecem apenas à lei da gravidade

Mesmo as correntes fazendo enormes ondas
São teoricamente passíveis de cálculo
Já as atitudes humanas têm cada vez mais vetores
De influência entre o que é certo e errado

fev 93

Fim de tarde...
É hora morna
Amena
Alheia a preocupações

ago 93

Não estando ainda pronto
Pro que venha a aliviar
Nas histórias que eu conto
Não há vez nem lugar

        (Não há nada propriamente
        Que me faça chorar
        A vontade vem somente
        Para os olhos lavar)

Nem a voz de um cancioneiro
Poderá me convencer
De que saio do banheiro
Sem ninguém me conhecer

        (A pessoa espelhada
        Está só em qualquer lugar
        Não há nada não há nada
        Que me faça chorar)

Nem o dom de ser menino
Vendo a si fortalecer
Pode até dar ao grão fino
Sua razão de comer

        (Não há nada que me possa
        Tanto assim regenerar
        Que a ferida dessa bossa
        Nunca vá rememorar)

ago 93

NAQUELA ONDA

As ondas que passam
Pelos seus cabelos
São seres que se laçam
E só eu posso vê-los

Mas não se disperse ainda
Isso é só uma palavra
Que a tudo distorce
Enquanto se lavra

Onde as larvas
Já não têm pressa
Por serem parvas
E é bom à beça

Riscar do mapa
Tirando a capa
Do seu caderno
Que á tão moderno

ago 93

Filho, ouve esta oração
Que se busca na comunhão
Do que de mais preciso for
À luz do nosso Criador

(Nos ecos dessa intenção
Já comungo em atenção
Ao que de mais precioso for
De novo à luz do Criador)

nov 93

TULIPA:

Parecia uma bonequinha
De Maria Chiquinha
Pronta a entrar no ato
Com aquela boca gulosa
Igual a tantas outras
A moça da televisão

Sampa é uma cidade suja
E limpa como qualquer outra   nexo
Sempre se tem um pai coruja   nexo
Pronto pra dar uma volta

Hoje ele parece um pinto   nexo
Esperando pela chuva
Dentro de um vinho tinto
Pra pisotear a uva

Eu sempre digo a você   nexo
Pra fazer o que eu pedir
Mas sem perguntar o porquê   fixa
Devo apenas impelir

O que há de estar em você   fixe
Doce junto a uma pasta rosa   fixo
Que se pegar em você
Verá que é algo cremosa

dez 93

NAQUELA ONDA

Em sombras vazam luzes de uma rosa aurora em pano e céu
Que longas e velozes vagam leves longe em carrosséis
São entes que cavalgam sobre árvores como um corcel
Do tempo que ecoa em verde roda o som por trás do sol

dez 93

Nem que se dividisse o tempo em bilionésimos de horas
Nem que a matéria consolidada de partes ficasse assim parada
Não há átimo ou atomização que descreveria tão bem assim
Como em seu olho
Vê-se agora
Amor
Que é pleno.

jan 94

Assim como o olho
O voo rápido de uma abelha em flor...

...
Ainda há tempo para mergulhar na mais sincera fidelidade, digo
Felicidade por estar assim, apaixonado, querendo acertar, digo
Aceitar.

Rápido, um voo de pássaro ameaça não definir seu lado...
Ainda que haja nós, nós os desataremos.

jan 94

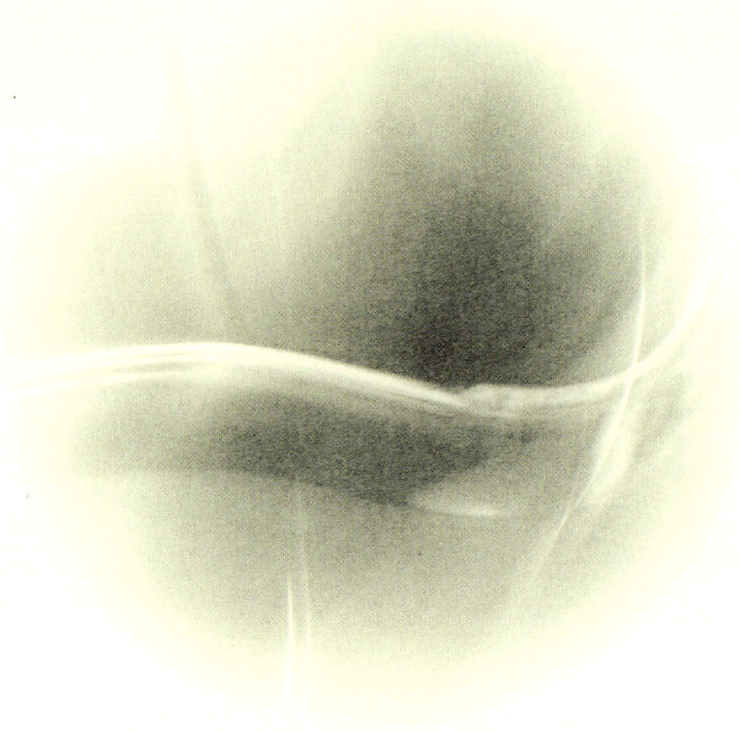

NAQUELA ONDA

TODA ONDA

SENTE-SE BEM NUM LUGAR

Sente-se muito bem ao luar
Sente-se num lugar
Muito bem

                                                                       jun 04

Tanto tempo sem seus beijos
Quero ao menos confessar:
Mais aumentam os meus desejos
De em você me saciar

                                                                        jul 04

Bilhete:

    "Legal, Val: se der, vou
    Por esse convite personalizado
    Já me sinto homenageado

    E outro dia no bazar, na Natingui
    Não notei que estivesses ali
    Por isso mandei beijos de carinho, só para ti"

                                                                        ago 03

NAQUELA ONDA

           Nelson
         Sorridente
      Das reflexões
         Em mente
           Chora

     Copiosamente
     Amargamente
      Furiosamente
      Curiosamente

mar 06

A neurose – que veio da Europa
Não é o que em nós predomina
Nem seus problemas são maiores
Do que a dúvida em minha capacidade

      Lá se vai
      Meu orgulho
      Pelos ares
      Da razão

      Vai direto encontrar
      O paraíso da igualdade

Procurar no quarto escuro
Tatear seu osso duro
Até tudo se encaixar

      Nada há de prematuro
      Faz-se tudo no plural
      Taciturno e morno
      (?)

jan 00

À flor da pele
      Mas ainda jovens
           Para um Jatobá adulto

(besteirol do agro-gnômico)

                                      fev 99

Sonhar Madalena
De volta na cama
Faz refletir
Com mais força

Para serem as coisas
Como são e o que são
Não é bom
Estar bem?

E se é para estar
Com alguém
Ou só...

                                      set 95

NAQUELA ONDA

Ordem e desordem
Na tentativa de entendimento
Por necessidade de afeto
Lições de uma nova ordem

Prefiro o maquiavelismo
O inverno e a primavera
Ao cinismo dos escritores urbanos

jan 02

(Sem ser dono do seu medo de errar
Poderei ser assim:
Mais do que estar a fim, enfim...
Passar longe do que quero mostrar)

set 09

O Estado de graça, força e ânimo
Compartilhado com os colegas
Amigos de bens e malfeitores...

Lia onde se lê
Leia-se

mai 04

É como um raio de razões
Todo recomeçar
Que se refaz por aquilo
Que já não vai precisar

Com modos de ser
E um fim pra tudo
Que possa abrir mão de escolher
Deixar-se mudo
Em sua bruta solidão
E se descubra então a solução
De ser alguém que saiba olhar da testa
Alguém que esteja em festa
E é possível
Manter acesa a luz à meia-noite
Mesmo estando só [20]

ago 06

---

20. Antiga versão (anos 80) para uma música do Hendrix, resgatada em 06

NAQUELA ONDA

Todo ser
Precisa viver
E como tal
Quer continuar:
Se puder
Vai procriar-se

      O que não vive é objeto
      O sol e a lua – tão belos
      Não têm subjetividade

ago 07

Mamão Papaia (de pai e mãesagem)

Mamai e papai
Na mão do leite e pão todo
Na massagem ou na passagem
(E espero não merecer perecer)
Vê se me passa a massa

abr 12

      Para limpar as calhas
      Johnny tirou as folhas
      Presas naquelas telhas
      Que provocavam falhas [21]

jan 10

---

21. Também de um papel solto, guardado em pasta verde: *Jade soltou as folhas/ quando chegou às ilhas/ levou suas escolhas...* – jul 11

NINA E NÂNI

Nina beijou as folhas
    Como se fossem filhas
    Livre em suas escolhas
    Quando chegou às ilhas

Nâni pintou sereias
    Onde avistou cerejas
    Nina subiu nas telhas
    Como se fossem teias

Feitas suas escolhas
    Nâni beijou as filhas
    Muito escreveu em folhas
    Quando voltou das ilhas

ago 07

    Feitas suas escolhas
    Jana pisou as folhas
    Logo formando trilhas
    Entre os locais das ilhas[22]

ago 10

---

[22] Ou, os "portais" das ilhas

("Minha alma está a sonhar-te...")

Tudo no mundo é massa
Tudo é o ovo
Amasso no muro
Em seu sabor a crer

abr10

O contacto imediacto (ou... *contato imediacto*):

Fez contacto com cactos
Pacto com os patos
Que saíram intactos nos impactos
Do contato compacto[23]

jul 10

---

23. Original do haicai e frase, *"apesar dos impactos, os cactos chegaram intactos"*

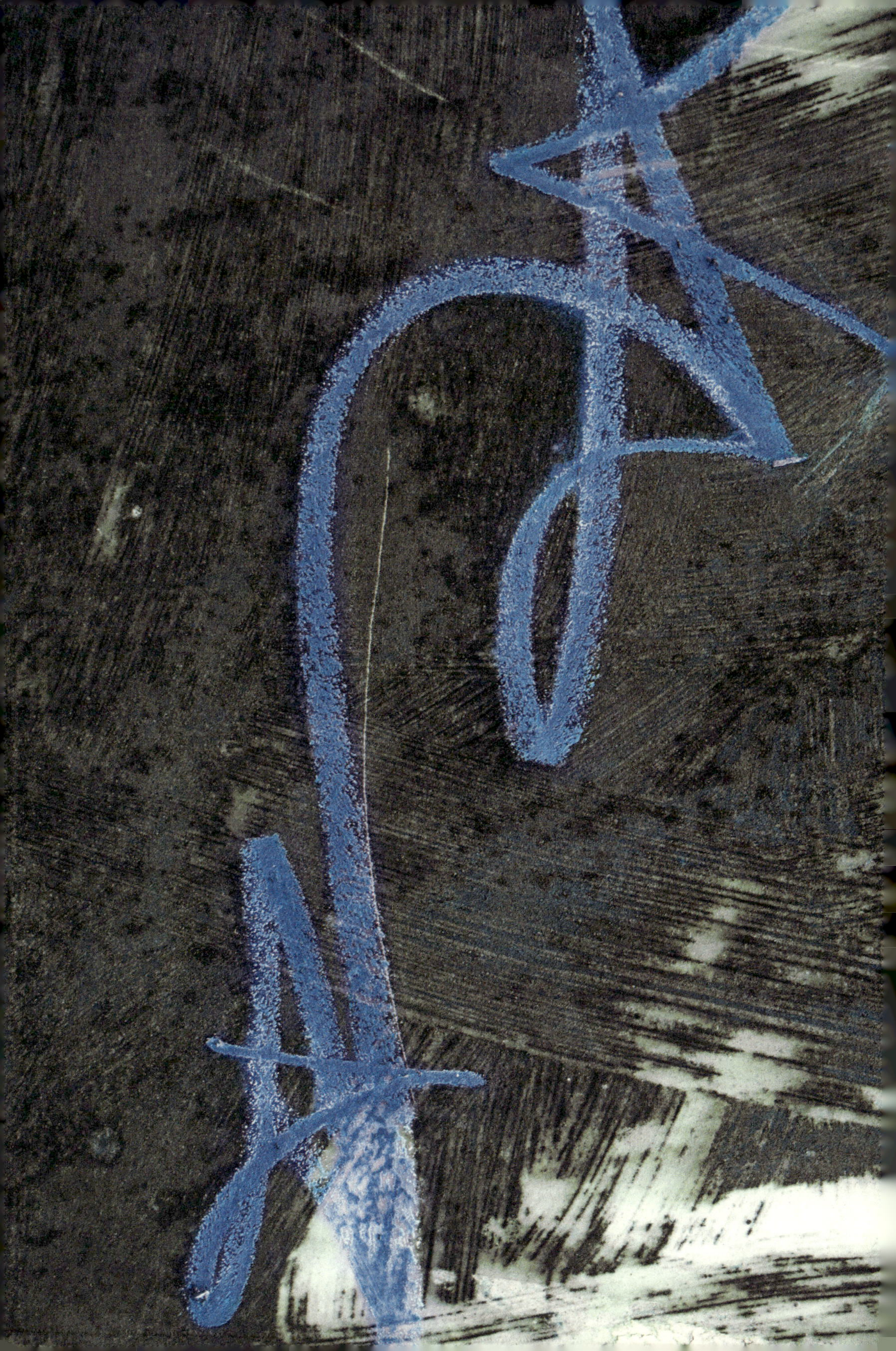

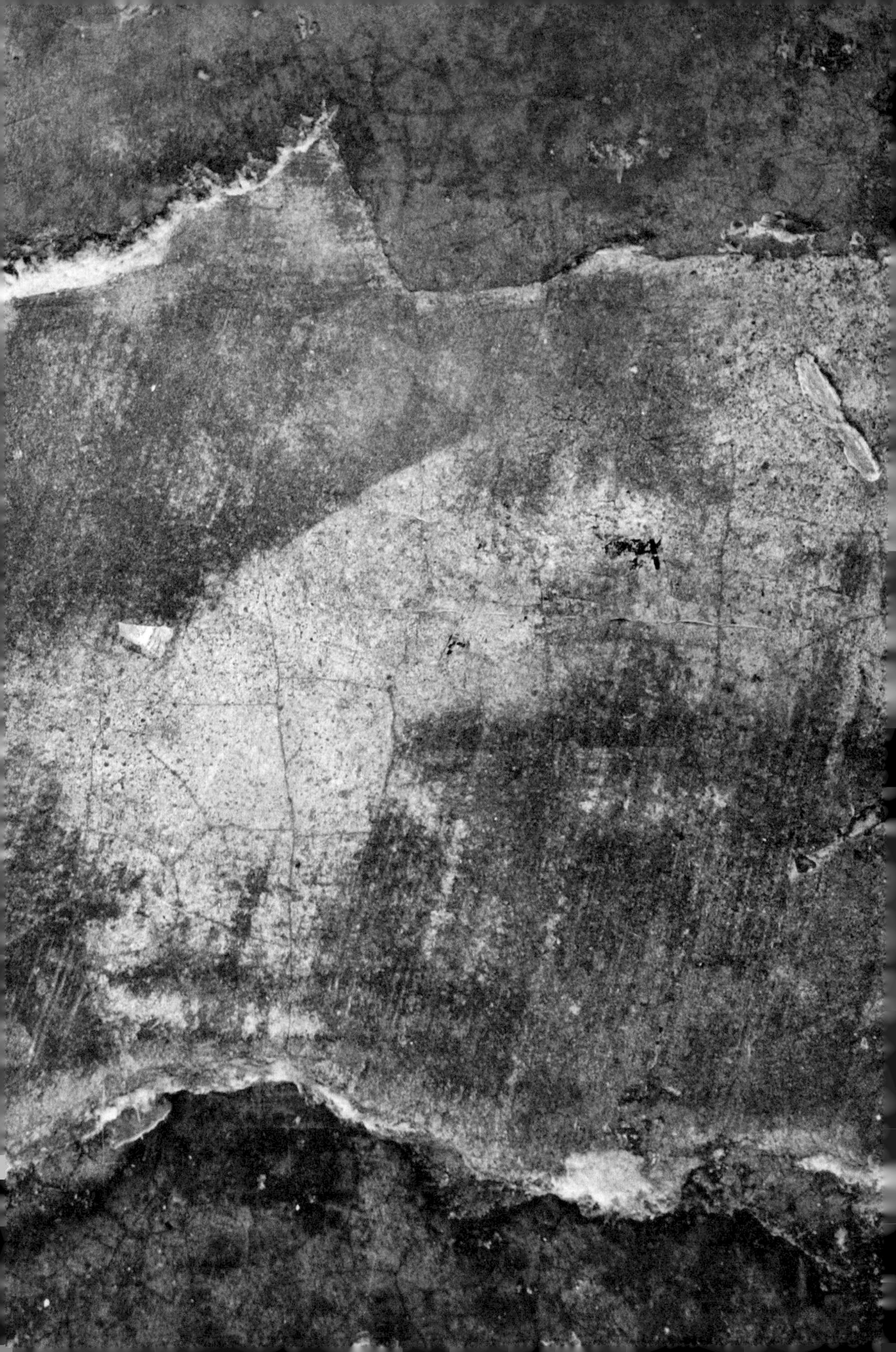

_____ CONCRETUDES

ARANÍDEO, INSECTOS, CANTEIRO E OUTRAS

```
            U M
              A
              R
              A
              N
              H                F
            T R A B A L H A    A
            E         P       Z
            C         P   T E I A S
            E         P       N
            N         P       D
A R M A D I L H A S           O
            O         R
                      C A P T U R A R
                      P
                      E
                      Q
                      U
                      E
                      N
                      O
                    I N S E T O S
```

FILIPE MOREAU

CONCRETUDES

```
                        h
  u m   a               e
        b               x
        e     f o r m a s
        l     a
        h     z         g
  s a b e               o
        r               n
                        a
                  v i v e n d o     c           m e l a d a
                        s           o
                                    m
                                    u
                                    n   n u m   a
                                    i           r
                                    t           q
                                    a           u
                                    r           i
                                    i           a
                                    a
                                    m
                                    e
                                    n
                                    t
                                    e
```

A FLOR LILÁS

```
            t
     u m  a
          t
          u
          r
          a
          n
     v    a    i
     i
     r         r
     a         a
     m a r i p o s a
               g
               a
               n
               d
   a p r e s s a d a m e n t e
         u     o
         c a s a
```

CONCRETUDES

t i j o l o
   s o b r e
      t i j o l o
   s o b r e
t i j o l o
   s o b r e
      t i j o l o
   s o b r e

                      tijolo
                           sobre
                   tijolo
                      sobre
                tijolo
             sobre
            tijolo
             sobre
                tijolo
             sobre

                            tijolo
                             sobre
                              tijolo

tijolo sobre tijolo sobre tijolo sobre tijolo sobre tijolo sobre tijolo
sobre tijolo sobre tijolo sobre tijolo sobre tijolo sobre tijolo sobre
tijolo sobre tijolo sobre tijolo sobre tijolo sobre tijolo sobre tijolo
sobre tijolo sobre tijolo sobre tijolo sobre tijolo sobre tijolo sobre
tijolo sobre tijolo sobre tijolo sobre tijolo sobre tijolo sobre tijolo

tijolo   tijolo   tijolo   tijolo   tijolo
  sobre   sobre   sobre   sobre
tijolo   tijolo   tijolo   tijolo   tijolo

A FLOR LILÁS

　　　　　　tijolo sobre　　　tijolo sobre
　　tijolo sobre　　　tijolo sobre　　　tijolo sobre
　　　　　　tijolo sobre　　tijolo sobre
　　tijolo sobre　　　tijolo sobre　　　tijolo sobre
　　　　　　tijolo sobre　　tijolo sobre

t i j o l o   s o b r e   t i j o l o
　　　s o b r e   t i j o l o
s o b r e   t i j o l o   s o b r e
　　　t i j o l o   s o b r e
t i j o l o   s o b r e   t i j o l o

　　　　　　　　　　　tijolo sobre tijolo
　　　　　　　　　　　sobre tijolo sobre
　　　　　　　　　　　tijolo sobre tijolo

　　　　　tijolo sobre t
　　　　　ijolo sobre ti
　　　　　jolo sobre tij
　　　　　olo sobre tijo
　　　　　lo sobre tijol
　　　　　o sobre tijolo

FILIPE MOREAU

CONCRETUDES

```
C i r c U i t o     c i R c u i T o     c i r c u i t O
```

```
                                                    c
                                            c i r c u i t o
            c i r C u i t o                 i           r
            c i r c U i t o                 r           t
                c i R c u i t o             c u r t o
        c i r c u i T o                     u
    c i r c u i t O                         i
                                            t
                                            o
```

```
                    c u r t o
                    u   c
                    c i r c u i t o
                    i   t   i
                c u r t o   t
                    u   c       o
                c i r c u i t o
                    i   t   i
            c u r t o   t
                u   c       o
                r c u i t o                     c
                t   i                           i
                o   t                           r c
                    o                   c i r c u i t o
                                                c u r t o
                                                    i
                                                    t
                                                    o
```

A FLOR LILÁS

```
A   S   S   I   M   E       T   R   I   C   O
                M   A   E   S   T   R           O
                M   A       S   T   R           O
                    A       S   T   R           O
                    A           T               O
```

```
        a
       ar
      par
     para
    repara
   prepara
   preparado
despreparados
```

FRUTAS

```
a  b  a  c  a  t  e
b  a  n  a  n  a
a  n  a  n  a  s
c  a  n  a
a  n  a
t  a  s
e
```

FILIPE MOREAU

CONDECORAÇÃO E PASTO

```
                a
              ação
              ração
              oração
              o
              coração
          e     a
              decoração
          a condecoração
              d   o
            conde
            onde
                decora
          o     eco
                cora
              e ora
```

```
        p
        pa
        pas
        past
        pasto
        pastor
        pastora
        pastoram
        pastoramos
```

(Variações)

```
                    AO
                   CÃO
                  A
                   RAÇÃO

                  A
                   AÇÃO
        COM
                   ORAÇÃO
            DE
                CORAÇÃO
            DECORA    O
                   CÃO
                  A
            CONDECORAÇÃO
```

```
              O I T A V A
              N O I T A D A
              O I T A V A
            N O I T A D A
            O I T A V A
          O I T A V A
          I T A D A
          T A V A
          A D A
          V A
          A
```

FILIPE MOREAU

CONCRETUDES

A V A Y A V A[24]

... montou um varal de frases espelháveis

```
O   I   I   A   O   H   O   I   T   M   V
    V   M   M       A       V   O   I   I
A   O   I   Y   V   V   T   Ã   M   X   T
V       T       O   I   A       A       Ã
I   A   A   A   V   A   T   V   O       O
Ã   M       T   Ô       U   I   M   A
O   A   U   I       U       Ú   I       O
        M   V   O   M   V   V   T   M   U
V   M       A   U   A   O   O   I   I   V
A   U   V   V   V       M       U   M   I
I   I   O   A   I   Ó   I   T           A
    T   O       U   T   T   O   A   T
A   O           O       I   O   M   O   T
O       A       O   U   M   U   A   A   I
        A       Á   M   A       M       M
H               T               T   Á   V
A   A   V   O   U   U       T   X   A   M
V   V   I   M   I   V   O   Á   I   I   A
A   Ó   V   O   V   A   V   X   M   A   I
Í       O       O       O   I   O       A
```

24. *Vy-avaya* = (em sânscrito) "penetração", "relação sexual", "copulação", "mudança", "transmutação", "intervenção" – out 91

A FLOR LILÁS

A AVE E O VÔO [25]

A
AR
ARA   s a r a
ARAR   s a r a r
ARARA   s a r a r a

Rasas
(na caverna):

                Cortina
                Cantina
                Cantiga
                Caatinga

PIU... o ovo a asa e ele (o ovo era a casa dele)

```
O  OVO  O  OVO  O  OVO    A ASA  A ASA  A ASA    E ELE  E ELE  E ELE
 O OVO  O OVO  O OV       A ASA  A ASA  A AS      E ELE  E ELE  E EL
 O  O OVO  O OVO  O O     A  A ASA  A ASA  A  A   E  E ELE  E ELE  E  E
VO  O OVO  O OVO  O       SA A ASA  A ASA  A      LE  E ELE  E ELE  E
OVO  O OVO  O OVO  O      ASA  A ASA  A ASA  A    ELE  E ELE  E ELE  E
```

```
   O    OVO    O    OVO          A    ASA    A    ASA           E    ELE    E    ELE
      O    OVO    O    OV            A    ASA    A    AS            E    ELE    E    EL
   O   O    OVO    O    O        A    A    ASA    A    A         E    E    ELE    E    E
  VO    O    OVO    O            SA    A    ASA    A             LE    E    ELE    E
  OVO    O    OVO    O           ASA    A    ASA    A            ELE    E    ELE    E
```

25. A ave: do ovo ao voo... (voo como leve deslocamento do ovo...)

CONCRETUDES

Elo Eva ema ova
Gema gosma gole
Gele neva goma vela
Leva lave vê a ave

A FLOR LILÁS

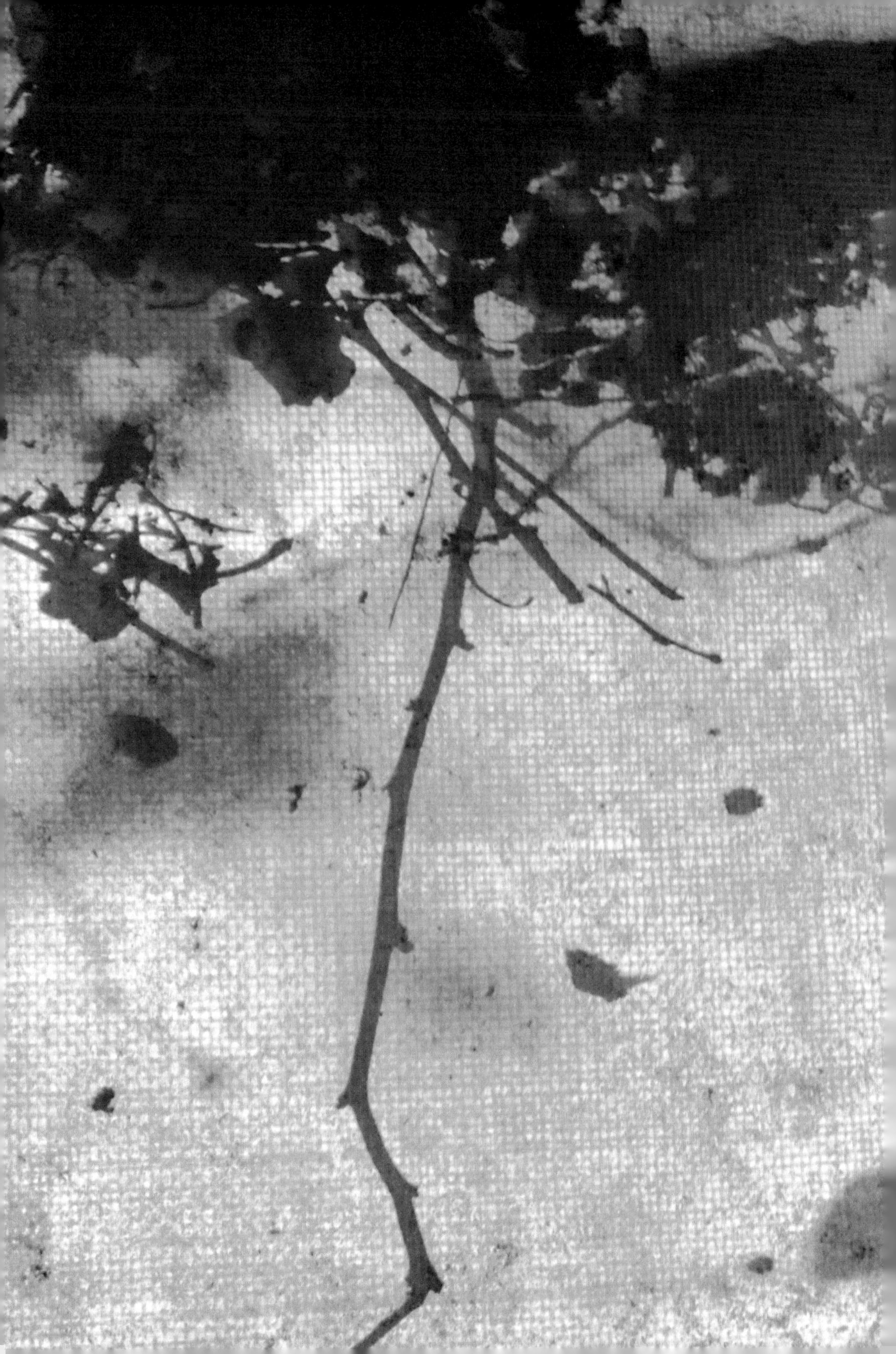

CRUZADAS

(poesia dura)

```
R E T A B U L O R A M E T A F O R A R E M E T A L I C A
A M O R O S A M E R A M E T O D O S E D A M A T U R E M
D I T A D O M E T E R A M A R E R E F U T A L O T A V A
I R E R E D E S E J A D O M A R E T I C U L A L A V A R
C E M L E A C U S A V A S C A A T I N A R E S C E A R E
A S C A R A O R A R A S N E L E A M A R A M C O R A A L
L C O C E G A A R E S B A R A T A O D E S C O L E G A O
C A M O M I L A A S C A T A R A T A O S C A M O M I L A
A T O N I T A S R A E L I M I N A S M A A T O N I T A S
M E D I T A S B E T A A V I D O S C A M A E D I T A S S
A R O C A S V A C I L A O C O S P A C O T E O C A S D E
R I M O S C A T I V A V A O S S A T E L I T E O S S A L
O R O D A A C A T A D O S C A A P E T E C E M P A E M A
L A P E L A A T A R A S C A L O A T A C A R V E R A A R
A M E L O S A A D A S P A R A T I O R E M B O L A R A A
M E D I C A R A O S G A B A R I T O A R C E L I B A T A
A T A C A D O S D I A R A B I C A S N E E L U C I D E S
C I Ç A R A S R E M E A C I D A S R O X A A T A C A R C
A R O D E S M O F A R A A N O S R E M O T A A N O S C A
P E S O S L A T I N I Z A A S D E F I N I R A O S C O M
I M A S C O M U N I C A V A R E M U N E R A R A C A M A
V A C A A B A L I Z A R E S A D O T A R A M O S E T E R
A V O R A A V A T A R E S C A A V A T A R E S C A A T A
R A P E C A A V I D A S M O L A A R I D A S C A B O I D
A R I M A R A A V O S L A M I N A A V O S G A R O P A A
R E L U T A V A O S M A N I C U R E A R R A B A N E T E
I M A N A D O S F A A V A T A R E S S A A T I V A R E S
S A R E M O S L E M A E D I T A S C O T A O N E R A R A
E M A R O S F A L E C E A V E S S A L I V A E L E S E M
R I R O S P A T I N A R A S C A T I V A R A A S A T O
E M A S S O L I C I T A V A S O L I C I T A R A A G I R
L A T O I M A N I Z A M O S A T I V I D A D E S S A C O
E R A S A A D I T A D O S C A A V A T A R E S C A S O S
P A P E L A A Z A R A S P A T A A R A D E S M A P A S A
E P E R O L A O D E S C A T I T A A R E S P A T E T A S
F A R E J A D O O S C A R A V A N A A S S O M A T I Z A
A T I N A R A S M A E M I R A D O S P O A P A R E C A S
C A T A V A S J E C A A R A D O S M A N A A T A C A R A
O S A T A S M A L E T A A T O S P E T E C A A T E R A R
M E L A S S A B O N E T E A R D E L I R A V A A R A T A
E R A M E A C U D A M O S C A A R E N O S O S X A S O M
R A C E R A A T I V O S G A N A A C E S O S P A R A L E
A C O L E R A I C E S C A T I T A A T A S R E M E L A S
C A M O M I L A O S C A R A M U J O E S M E L A N I N A
A C O D I D A S X A A M O L A R A S R A I M U N I Z E S
A E D I T A S V A R A A T I R A M P E T A E D I T A L A
F A O C A S R E M E L A A S A S R E S I D A A C O S A M
E G O O S M E L A N I N A E M D O L O R O S A O S A N O
T I R A R I M U N I Z E S T I A M O L A R A S L A T I R
A T A D O S E D I T A L S A C O A T U R A S S E T I M O
D E D I C A S O C O S N O T A V A A T E M C E V A V A S
A M A R E L A S O S R A S U R A R A O S C A R A M E L O
```

FILIPE MOREAU

1 – DIÁLOGO ENTREOUVIDO (a modo de um "embasamento teórico")

– As palavras não são as coisas. Por mais que em certas horas alguns se assustem, chegando a bater na madeira ao ouvir o som que representa o objeto, é preferível aceitar a teoria linguística de que há uma relação arbitrária, convencionada, entre som e sentido.

– Mas como elas surgiram?

– Provavelmente associadas a gestos e expressões faciais, possivelmente onomatopaicas, mas foram se distanciando disso, e ganharam mais independência quando passaram a ser escritas. No início, havia marcas de entonação. Entre os primeiros escritos foram reproduzidas poesias líricas ou cantadas, que antes passavam de geração em geração simplesmente decoradas (e o uso das rimas talvez facilitasse essa memorização). Esses registros podiam funcionar quase como uma partitura, pois na palavra falada se expressava mais do que a palavra em si, a interpretação dela.

– A escrita modificou a palavra?

– Reduziu-a. A palavra começou a ser crua, silenciosa, de significado distanciado do objeto, mas encravada nos códigos solidificados pela redundância, dentro de um campo complexo.

– As palavras se distanciaram das coisas...

– Tanto que surgiram aquelas que são apenas instrumentais, sem relação com qualquer objeto. Por exemplo, as preposições. Mesmo as que se referem a algo concreto foram incorporando novos silogismos, cada vez mais distantes, aumentando a fronteira entre a ilusão da linguagem e o mundo real. Por isso, é contundente o verso que diz que a fala pode opor-se à compreensão. Quando não há linguagem, não é mentira.

– Mas a linguagem também expressa verdades.

– "Graças a Deus", ela tem os seus limites. O excesso é inútil, a falta, carência. A natureza atingiu um equilíbrio, durador e cruel, e a civilização destrói, mas melhora as coisas.

– As coisas, que não são as palavras... Mas agora, vamos nos deter na nossa língua. Ela não parou de crescer, desde que passou a ser documentada. Talvez tenha crescido em proporção ao número de falantes. A história dela pode ser contada assim. Na época das guerras púnicas, os romanos se viram forçados a colonizar mais maciçamente a península ibérica. O latim falado, mais próximo à realidade e dinâmico que o dos escritores, originou o português, que era o modo de falar latim no oeste da península Ibérica. Antes do latim, havia outras línguas por lá, e muitas palavras foram se juntando ao dorso central da língua imposta. Depois de oficializado o português, por já haver literatura e documentos escritos, na dinâmica da nação que o falava (e o processo de formação de nações era associado às fronteiras linguísticas), foram incorporadas, por continuidade natural, palavras de outras línguas com que ele se defrontava, em especial do árabe e, no Brasil, de línguas africanas e do tupi.

— Contado assim, parece simples.

— É, eu sei que essa história é meio chata. Mas independente disso, há uma particularidade interessante na nossa língua. Na sua evolução, conservou, mais do que outras línguas, uma relação estreita entre fonema e letra. Afora a vogal e, que muitas vezes se fala i, ou a o, que se fala u, e as confusões de fonemas com mais de uma letra, os casos de g e j, r e rr, aquelas confusões de c, ç, s, x e z, comparativamente há uma regularidade. Por isso, há enorme quantidade de vocábulos escritos que alternam perfeitamente consoantes e vogais, reproduzindo as palavras mais belas da língua falada, em que não há acúmulo de obstrução consonantal.

— Nas outras línguas também não se escreve como se fala?

— É. Na maioria são ainda mais distanciadas. Há boas qualidades e defeitos em todas as línguas. Na verdade, estão adequadas a determinadas questões culturais. O inglês é mais prático e imediato. Presta-se melhor à comunicação e à cibernética. O português é mais poético, rebuscado, redundante. Adéqua-se a uma história saudosista e triste.

— Também é por isso que às vezes a linguagem confunde?

— É. Por isso que às vezes quem gosta de palavras se desilude e, não conseguindo ficar mudo, inventa jogos como os que começamos a mostrar agora, que não dizem nada, parecem destruir as palavras e as combinam aleatoriamente, como se almejassem o caos. É como se quisesse começar tudo de novo, odiando-as para que o amor se restaurasse, através de impulso próprio, e que elas passassem a fluir novamente, como pensamento leve e desimpedido.

— Se você não gosta desses jogos, por que vai mostrá-los?

— Para ver se me livro deles, para ver se não mais me obrigo a escrever coisas assim quando tenho tempo, mas só quando tiver vontade.

— E que jogos são esses?

CONCRETUDES

```
R A D I C A L C A M A R O L A M A C A P I V A R A R
E M I R E S C A T E R I R A M E T I R E M A V A R E
T O T E M C O M O D O M O P E D A Ç O S A C O P I L
A R A R L A C O N I C O D E L I C A D O S A R E M U
B O D E E R E M I T A S A L O C A R E S C A A C A T
U S O D A A G I T A S C A A S A D A S L O B A A R A
L A M E C O A L A S V A C A A R O S M A M A V A A V
O M E S U R A A S B A T A T A A S R O T U L A V A A
R E T E S A R A R E C I T A D O D E F I N I T I V O
A R E J A R E S A T I V A R A S I M A N I Z A D O S
M A R A V A S C E A L A D A S G A E R I C A R A S M
E M A D A S B A L A A V O S P A R A A Z A R E S L A
T E M O S N A T I V O A S C A B A C A A V E S M A N
A T A M C E R A M I C O C A R A B I N A A S C O M I
F O R A A L A R I D O S A L A R I D O S R A A L I C
O D E R A E T A N O S S A O T I C A S D E D A A N U
R O R E T A A T A S P A P A I T A S R E M O V A A R
A S E T I M O A S C A T E T O O S R E F U T A R A E
R E F I N A D O M A C E T A R A N O M I N A T I V A
E D U C A R E S A M O L E C E R E X O N E R A D O R
M A T U R A S C A A T I C A M C E A T I R A R A S R
E M A L E M C A T E E T E R B E L A A R A M E S G A
T A L A S C O M O D O E M V O L U T A A R O S C A B
A T O L C O L O N I C O P E L I C A N O A S C A R A
L U T A E R E M I T A S A R A B I C O S C E A B O N
I R A V A A G I T A S S E A R A D A S C A T A O P E
C E V A R A A L A S D A M A A T E R C O M E T I A T
A M A R E L O A S S E L A R A A S C A M A R A D A E
```

A FLOR LILÁS

```
I S E R E L E P E F A C O M E R A C A A F E T A D A
M A M I M A R A P A T A S E R A C A C E A G I T E M
A R A R A T A P E R I T A L A C O M O D O O R A D A
N E R O S O S E R E N A T A M E L O D I C O A D I R
A M O S S I A L O J A V A S E R E M I T A S R O C E
D O S P O M A A L A R A S S A A R I D A S M I S A L
O S F A L A D A A D A S M A C A A L A S R E M E S A
S L A T I N I Z O O S J A B U T I A S V E L U D O S
F E L I C I T A D O M E L O D I C O X A M A N I C O
A M E N I Z A R E S A C E N A V A S A R E N I T O S
A A C A T A D A S C E A T E M O S C A A L I Z A S R
V E E R A M O S C A M A A T O S C A M A A N E L N A
A D A A V O S P A R I R A E S G A R O T A A S S O S
T I V A A S C A T A R A T A C A T A L I S E T A T U
A T E S S A A T I V A D O R A N I M A R A M I C A R
R A S C O T A A T A D O S D A A T U R A S D A O V A
E S S A L I V A A N O S P E R A A J A M R O M A A R
S C A T I V A R A A S M E L E C A O S P E L O T A A
S O L I C I T A R A P A T I N E T E R E S O L U T O
A T I V I D A D E S O N E R O S A S A T I R A R E S
A A V A T A R E S S A A C A S O S M I A D O R A M C
T O A R A D E S P O P A A V O S R E M E A S A S C A
I N E A R E S M A M A T A A S P E L U D A A S S E R
V E L A A S C A T A R A T A X A M A N I C O L E V A
A R E S A S A P E T E C E R A R E N I T O S A T A M
R A S A G A S A T I C A R A S A L I Z A S A T I V E
E R E T I C O S A Z A R A T O L A N E L A N I M A L
S A M O R O S A S A S A R A M E S A S A M O R O S O
```

FILIPE MOREAU

– Bem, são palavras cruzadas. O que você acha?

– Um trabalho fútil, de diversão. Nem que se argumentasse com discursos teóricos da linguística, estatística, seria considerado poesia. Não requer inteligência ou sensibilidade. É um trabalho fácil, de paciência, de divertidas consultas ao dicionário (Aurélio, de 1986). A graça é justamente essa consulta, em que se depara com riquíssima variedade de palavras de origem tupi, termos químicos etc., que foram incorporados ao nosso latim vulgar.

– Mas, poesia, como "zen", é um estado de espírito: pode estar presente em qualquer atividade, do futebol à arquitetura. Esse quebra-cabeça mexe diretamente com o acaso, com a probabilidade, com o lado sugestivo das palavras. Não é por acaso que determinada palavra se escreve com s ou z, c, q, g ou j, há toda uma simetria histórica que descende da literatura (escrita) latina. O português conservou, em quantidade significativa, uma relação estreita entre fonema e letra. Por isso, há enorme número de palavras que possuem a perfeita alternância entre consoante e vogal.

jul 93

```
R E T A B U L O R A M E T A F O R A R E M E T A L I C A
A M O R O S A M E R A M E T O D O S E D A M A T U R E F
F A M A T O M E T E R A M A R E R E F U T A L O T A V A
I R E R E D E S E J A D O M A R E T I C U L A L A L A R
N E M L E A C U S A V A S C A A T I N A R E S C E A R E
A S C A R A O R A R A S N E L E A M A R A M C O R A A L
L C O C E G A A R E S B A R A T A O D E S C O L E G A O
C A M O M I L A A S C A T A R A T A O S C A M O M I L A
A T O N I T A S R A E L I M I N A S M A A T O N I T A S
M E D I T A S B E T A A V I D O S C A M A E D I T A S S
A R O C A S V A C I L A O C O S P A C O T E O C A S D E
R I M O S C A T I V A V A O S S A T E L I T E O S S A L
O R O D A A C A T A D O S C A A P E T E C E M P A E M A
L A P E L A A T A R A S C A L O A T A C A R V E R A A R
A M E L O S A A D A S P A R A T I O R E M B O L A R A A
M E D I C A R A O S G A B A R I T O A R C E L I B A T A
A T A C A D O S D A A R A B I C A S C E E L U C I D E S
C I Ç A R A S R E B U A C I D A S C A M A A T A C A R T
A S O D E S S E M A N A A N O S C A T A V A A N O S L A
T E Z O S D E B I L I T A A S R O M A N I Z O O S D A R
A R E R A E R O T I C O S C A A P A R A D A S C A A T A
R A P E C A A L I Z A S M O L A A R A M A R C A B O I D
A R I M A R A O D E S L A M I N A A T O S G A R O P A A
R E L U T A V A O S M A N I C U R E A S R A B A N E T E
I M A N A D O S M E A V A T A R E S R E A T I V A R E S
S A R E M O S N A T A E D I T A S R E D E O N E R A R A
E M A R O S T O M I C A A V E S R E D I M E E L E S E M
R I R O S R E V E L A V A A S C O M U T A R A A S A R O
E R A S A O M E L E T E S C A A M A Z O N A S C A S O L
N A P E L A A L U N A S P A T A A T I R A S M A P A S E
O P E R O L A O C O S C A T I T A O D E S P A T E T A S
F A R E J A D O O S C A R A V A N A O S S O M A T I Z A
A T I N A R A S M A E M I R A D O S P O A P A R E C A S
C A T A V A S J E C A A R A D O S M A N A A T A C A R A
O S A T A S M A L E T A A T O S P E T E C A A T E R A R
M E L A S S A B O N E T E A R D E L I R A V A A R A T A
E R A M E A C U D A M O S C A A R E N O S O S X A S O M
R A C E R A A T I V O S G A N A A C E S O S P A R A L E
A C O L E R A I C E S C A T I T A A T A S R E M E L A S
C A M O M I L A O S C A R A M U J O E S M E L A N I N A
A C O D I D A S X A A M O L A R A S R A I M U N I Z E S
A E D I T A S V A R A A T I R A M P E T A E D I T A L A
F A O C A S R E M E L A A S A S R E S I D A A C O S A M
A R O O S M E L A N I N A E M D O L O R O S A O S A N O
G E S A R I M U N I Z E S T I A M O L A R A S L A S E R
A S A D O S E D I T A L S A C O A T U R A S S E T I L E
R E D I C A S O C O S N O T A V A A T E M C E V A V A S
A M A R E L A S O S R A S U R A R A O S C A R A M E L O
```

FILIPE MOREAU

(Cont.)

– Já se teorizou que informação é o contrário do óbvio. O extremo da ordem seria imutável, uma equação matemática que tende ao limite. Historicamente, do caos formou-se a ordem, através da redundância. Uma informação não redundante, de início pode ser incompreensível, até que se amplie o campo da redundância. Essa operação de crescimento do campo muitas vezes nos fascina porque é imprevisível o limite dela. Há probabilidades incalculáveis que só são absorvidas na experiência concreta, como os lances de xadrez, como nos esportes físicos e na vida em geral. A vida foge à repetição. São dois movimentos: apoiar-se na experiência adquirida e saber que duas experiências jamais serão iguais.

Tome-se de exemplo que (na teoria da informação), por mais que se multipliquem as combinações de letras e pontuações, a "Odisseia" jamais seria escrita por uma máquina.

Neste exercício, passatempo gratuito, como já foi dito, de se amarrarem palavras aleatoriamente umas às outras, algumas vezes elas parecem denotar sentido. Na verdade, tangem o sentido. Explica-se: palavras com letras em comum podem ter proximidade histórica e de sentido.

Já é aceito unanimemente que os sons não são as coisas. Mas a antiga discussão grega ainda nos atinge, e chegamos, por superstição, a bater na madeira pelo que determinado som, por convenção, representa.

Sem pretensão de poesia concreta, o exercício camufla sentidos pré-conscientes? Não. É novidade? Nenhuma. A banca de revista está cheia de exercícios assim, só que menos requintados. A arte gráfica propiciada pelos programas de computador também não tem a menor pretensão, é de fácil manejo.

jul 93

```
P R E T A B U L O R A M E T A F O R A R E M E T A L I C A A
A R M O R O S A M E R A M E T O D O S E D A M A T U R E F M
R E S M A T O M E T E R A M A R E R E F U T A L O T A V A O
A V E S R E D E S E J A D O M A R E T I C U L A L A L A R R
B I L E L E A C U S A V A S C A A T I N A R E S C E A R E O
O R A C A R A O R A R A S N E L E A M A R A M C O R A A L S
L E C O C E G A A R E S B A R A T A O D E S C O L E G A O A
A C A M O M I L A A S C A T A R A T A O S C A M O M I L A S
M A T O N I T A S R A E L I M I N A S M A A T O N I T A S E
A S E D I T A S B E T A A V I D O S C A M A E D I T A S E X
M A S O C A S V A C I L A O C O S P A C O T E O C A S E M A
E L A S O S C A T I V A V A O S S A T E L I T E O S O R A L
L I R A D A A C A T A D O S C A A P E T E C E M P A S A N A
U V A P E L A A T A R A S C A L O A T A C A R V E R A M A R
C A M E L O S A A D A S P A R A T I O R E M B O L A R A M A
O M E D I C A R A O S G A B A R I T O A R C E L I B A T A M
P A T A C A D O S D A A R A B I C A S C E E L U C I D E S E
A S I Ç A R A S R E B U A C I D A S C A M A A T A C A R E M
T A L O D E S S E M A N A A N O S C A T A V A A N O S O L A
A R A S O S D E B I L I T A A S R O M A N I Z O O S E D E N
V A G A R A E R O T I C O S C A A P A R A D A S C A M E G A
I R O P E C A A L I Z A S M O L A A R A M A R C A B O S E R
N A R I M A R A O D E S L A M I N A A T O S G A R O P A M E
A R E L U T A V A O S M A N I C U R E A S R A B A N E T E S
P I M A N A D O S M E A V A T A R E S R E A T I V A R E S A
E S A R E M O S N A T A E D I T A S R E D E O N E R A R A M
L E S A R O S T O M I C A A V E S R E D I M E E L E S A T O
I R A R O S R E V E L A V A A S C O M U T A R A A S A N I L
C E R A S A O M E L E T E S C A A M A Z O N A S C A S O C A
A N A P E L A A L U N A S P A T A A T I R A S M A P A S E R
N O P E R O L A O C O S C A T I T A O D E S P A T E T A M E
O F A R E J A D O O S C A R A V A N A O S S O M A T I Z A S
C A T I N A R A S M A E M I R A D O S P O A P A R E C A S A
O S A T A V A S J E C A A R A D O S M A N A A T A C A R A R
G O L A T A S M A L E T A A T O S P E T E C A A T E R I R E
U M A S A S S A B O N E T E A R D E L I R A V A A R E D E N
M A T A M E A C U D A M O S C A A R E N O S O S X A M A N O
E R A C E R A A T I V O S G A N A A C E S O S P A R A S A S
L A C O L E R A I C E S C A T I T A A T A S R E M E L A S A
O C A M O M I L A O S C A R A M U J O E S M E L A N I N A S
H A C O D I D A S X A A M O L A R A S R A I M U N I Z E S A
A S E D I T A S V A R A A T I R A M P E T A E D I T A L E M
B E S O C A S R E M E L A A S A S R E S I D A A C O S A R A
I R I S O S M E L A N I N A E M D O L O R O S A O S A T A R
T E L A A R I M U N I Z E S T I A M O L A R A S L A R E M E
A N O A D O S E D I T A L S A C O A T U R A S S E T I R O L
V A E D I C A S O C O S N O T A V A A T E M C E V A V A S O
A A M A R E L A S O S R A S U R A R A O S C A R A M E L O S
```

FILIPE MOREAU

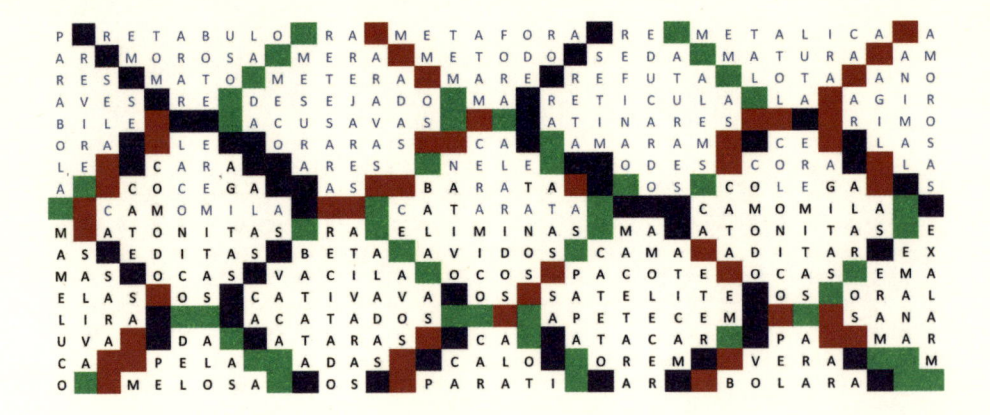

```
P ■ R E T A B U L O ■ R A ■ M E T A F O R A ■ R E ■ M E T A L I C A ■ A
A R ■ M O R O S A ■ M E R A ■ M E T O D O ■ S E D A ■ M A T U R A ■ A M
R E S ■ M A T O ■ M E T E R A ■ M A R E ■ R E F U T A ■ L O T A ■ A N O
A V E S ■ R E D E S E J A D O ■ M A ■ R E T I C U L A ■ L A ■ A G I R
B I L E ■ A C U S A V A S ■ C A ■ A T I N A R E S ■ ■ R I M O
O R A ■ L E ■ O R A R A S ■ C A ■ A M A R A M ■ ■ C E ■ L A S
L E ■ C A R A ■ A R E S ■ N E L E ■ O D E S ■ C O R A ■ L A
A ■ C O C E G A ■ A S ■ B A R A T A ■ O S ■ C O L E G A ■ S
■ C A M O M I L A ■ ■ C A T A R A T A ■ ■ C A M O M I L A ■
M ■ A T O N I T A S ■ R A ■ E L I M I N A S ■ M A ■ A T O N I T A S ■ E
A S ■ E D I T A S ■ B E T A ■ A V I D O S ■ C A M A ■ A D I T A R ■ E X
M A S ■ O C A S ■ V A C I L A ■ O C O S ■ P A C O T E ■ O C A S ■ E M A
E L A S ■ O S ■ C A T I V A V A ■ O S ■ S A T E L I T E ■ O S ■ O R A L
L I R A ■ A C A T A D O S ■ A P E T E C E M ■ S A N A
U V A ■ D A ■ A T A R A S ■ C A ■ A T A C A R ■ P A ■ M A R
C A ■ P E L A ■ A D A S ■ C A L O ■ O R E M ■ V E R A ■ M
O ■ M E L O S A ■ O S ■ P A R A T I ■ A R ■ B O L A R A
```

2 – (Outra breve explicação)

– Na opinião de um amigo da época, seu primeiro livro de poesias (Picolé e alferes, Klaxon, 1985) só se salvava pela página que mostra doze composições de palavras cruzadas (exatas, de seis letras, alternando consoantes e vogais - bem onde finalizava o livro propriamente dito, montado alguns anos antes, e que já em processo de editoração sofreu vários acréscimos, na maioria, desnecessários).

Trata-se de um tipo de arte visual, que não consideramos poesia: apenas um jogo de composição, como as palavras cruzadas comuns (quebra-cabeças qualquer), por probabilidade.

O liame entre a frase lógica e os poemas ou traduções concretistas, em que o sentido se dá por sugestão, também brinca com o acaso e com a sonoridade. Como a sonoridade é função direta da frequência de letras, ela também ocorre neste exercício.

```
E S ■ F E ■ A S A ■ A M ■ V I
M ■ T A X A ■ E ■ A R E S ■ R
■ P A L I T O ■ I C A R E M
P A R A L E L E P I P E D O S
■ S A R A V A ■ E D U C A R
N ■ S E D E ■ A ■ O C A S ■ D
U M ■ S O ■ U S O ■ A S ■ C A
```

```
P R E T A B U L O R A M E T A F O R A R E M E T A L I C A A
A R M O R O S A M E R A M E T O D O S E D A M A T U R E A M
R E S M A T O M E T E R A M A R E R E F U T A L O T A A N O
A V E S R E D E S E J A D O M A R E T I C U L A L A A G I R
B I L E L E A C U S A V A S C A A T I N A R E S C E R A M O
O R A C A R A O R A R A S N E L E A M A R A M C O R A S A S
L E C O C E G A A R E S B A R A T A O D E S C O L E G A L A
A C A M O M I L A A S C A T A R A T A O S C A M O M I L A S
M A T O N I T A S R A E L I M I N A S M A A T O N I T A S E
A S E D I T A S B E T A A V I D O S C A M A E D I T A S E X
M A S O C A S V A C I L A O C O S P A C O T E A Z A R E M A
E L A S O S C A T I V A V A O S S A T E L I T E O S O R A L
L I R A D A A C A T A D O S C A A P E T E C E M P A S A N A
U V A P E L A A T A R A S C A L O A T A C A R V E R A M A R
C A M E L O S A A D A S P A R A T I O R E M B O L A R A M A
O M E D I C A R A O S G A B A R I T O A R C E L I B A T A M
P A T A C A D O S D A A R A B I C A S C E E L U C I D E S E
A S I Ç A R A S R E B U A C I D A S C A M A A T A C A R E M
T A L O D E S S E M A N A A N O S C A T A V A A N O S O L A
A R A S O S D E B I L I T A A S R O M A N I Z O O S E D E N
V A G A R A E R O T I C O S C A A P A R A D A S C A M E G A
I R O P E C A A L I Z A S M O L A A R A M A R C A B O S E R
N A R I M A R A O D E S L A M I N A A T O S G A R O P A M E
A R E L U T A V A O S M A N I C U R E A S R A B A N E T E S
P I M A N A D O S D E A V A T A R E S R E A T I V A R E S A
E S A R E M O S N E T A E D I T A S R E D E O N E R A R A M
L E S A R O S L O G I C O A V E S R E D I M E E L E S A T O
I R A R O S R E V E L A D O A S C O M U T A R A A S A N I L
C E R A S A O M E L E T E S C A A M A Z O N A S C A S O C A
A N A P E L A A N A N A S P A T A A T I R A S M A P A S E R
N O P E R O L A A V O S C A T I T A O D E S P A T E T A M E
O F A R E J A D O A S C A R A V A N A O S S O M A T I Z A S
C A T I N A R A S M A E M I R A D O S P O A P A R E C A S A
O S A T A V A S J E C A A R A D O S M A N A A T A C A R A R
G O L A T A S M A L E T A A T O S P E T E C A A T E R I R E
U M A S A S S A B O N E T E A R D E L I R A V A A R E D E N
M A T A M E A C U D A M O S C A A R E N O S O S X A M A N O
E R A C E R A A T I V O S G A N A A C E S O S P A R A S A S
L A C O L E R A I C E S C A T I T A A T A S R E M E L A S A
O C A M O M I L A O S C A R A M U J O E S M E L A N I N A S
H A C O D I D A S X A A M O L A R A S R A I M U N I Z E S A
A S E D I T A S V A R A A T I R A M P E T A E D I T A L E M
B E S O C A S R E M E L A A S A S R E S I D A A C O S A R A
I R I S O S M E L A N I N A E M D O L O R O S A O S A T A R
T E L A A R I M U N I Z E S T I A M O L A R A S L A R E M E
A N O A D O S E D I T A L S A C O A T U R A S S E T I R O L
V A E D I C A S O C O S N O T A V A A T E M C E V A V A S O
A A M A R E L A S O S R A S U R A R A O S C A R A M E L O S
```

FILIPE MOREAU

(Cont.)

Se o novo exercício apresenta o mesmo princípio (c-v-c-v-c-v), é em outro formato, bem mais fácil (o grau de dificuldade de 6 x 6 ou 4 x 6 é o mesmo de 4 x 4, daí a fórmula que determina o campo de 6 x 6 ou 8 x 8; ou 4 x 10).

É bom não se perder de vista que uma palavra escrita, na forma, é combinação de letras, e que em português encontramos muitas delas que alternam consoantes e vogais, ou seja, obstruções e sons. Em um texto, em relação à forma, aparecerão outras poucas variáveis: espaços (ou letras transparentes), pontuações, parágrafos. No entanto, é impossível calcular, mesmo para uma página, todas as combinações possíveis (digamos que são consideradas palavras aproveitáveis as de uma a doze letras) que formam um texto compreensível. Entre as combinações possíveis, aparecerão aquelas que quase formam sentido, que dão impressão de mensagem, e letras soltas, casualmente, fingindo ter autonomia de sentido vinda delas mesmas, o que seria uma farsa.

Daí as cruzadas.

mai 93

3 – (Anotação do começo da experiência)

Imagina-se que um programa de computador, armazenando todas as palavras de consoante e vogal alternadas (utilizando aí os dicionários mais completos), possa fazer cálculos imediatos de todas as combinações de cruzadas possíveis (com este mais simples, já basta acionar find e as letras xe para saber todas as palavras de uma pasta que possuem essa sequência; se fosse digitado todo o dicionário – o que na verdade já está feito, em sua editora –, criar-se-ia um programa assim, com todas as possibilidades, ao menos sincrônicas, da língua nessa especificidade).

Com o auxílio dos computadores é possível vasculhar ainda mais a língua escrita em suas combinações ao acaso. Quem se vê em tal tarefa, não o faz para ter domínio maior das palavras, mas como quem se apodera delas para esmiuçar, sintetizar e desfazer-se: tendo amor por um mundo sem palavras, de relações naturais e selvagens.

Mas não é exatamente isso: o intuito destas cruzadas é apenas deparar casualmente com cada palavra de tais características, no minidicionário.

jun 91

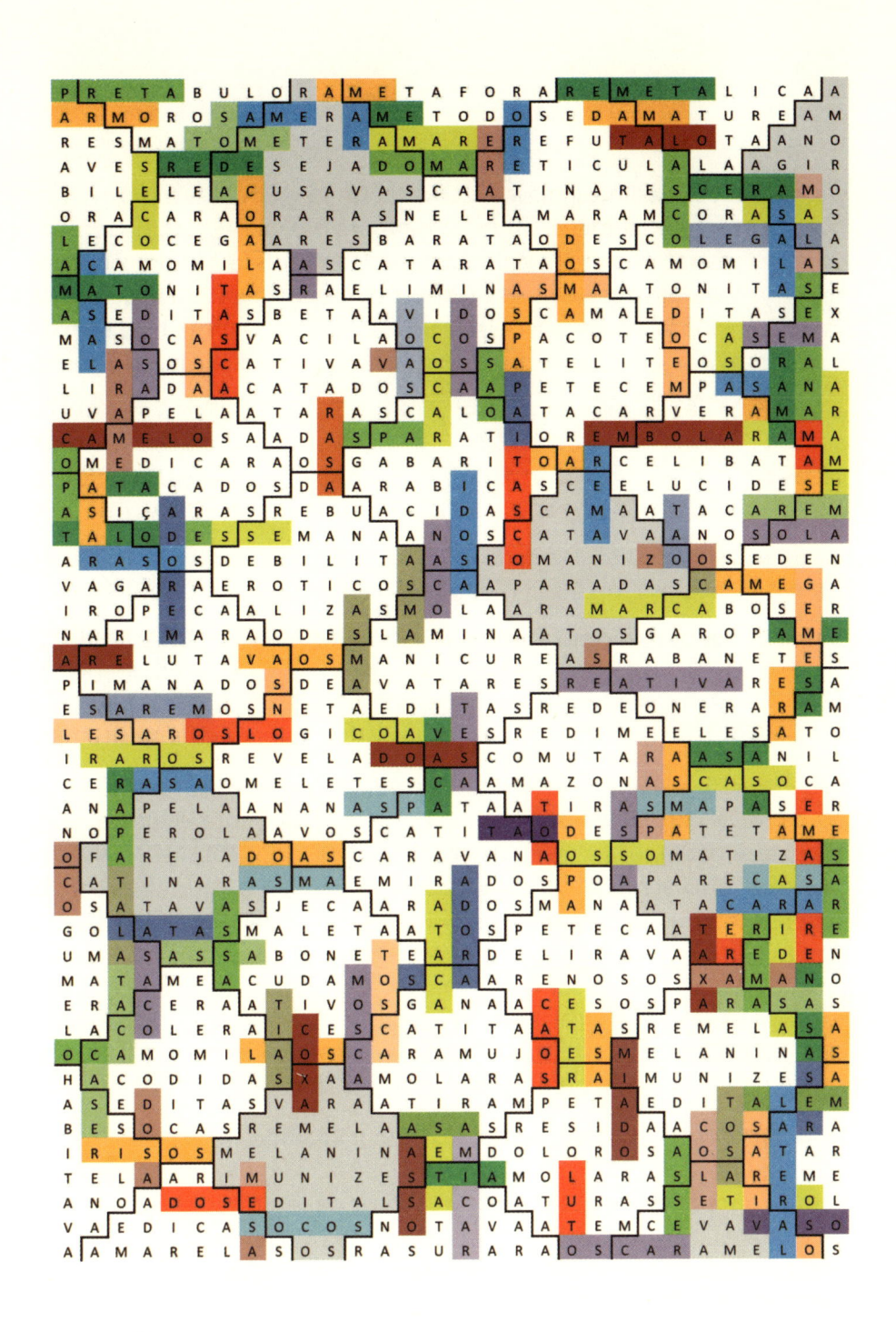

```
P R E T A B U L O R A M E T A F O R A R E M E T A L I C A A
A R M O R O S A M E R A M E T O D O S E D A M A T U R E A M
R E S M A T O M E T E R A M A R E R E F U T A L O T A A N O
A V E S R E D E S E J A D O M A R E T I C U L A L A A G I R
B I L E L E A C U S A V A S C A A T I N A R E S C E R A M O
O R A C A R A O R A R A S N E L E A M A R A M C O R A S A S
L E C O C E G A A R E S B A R A T A O D E S C O L E G A L A
A C A M O M I L A A S C A T A R A T A O S C A M O M I L A S
M A T O N I T A S R A E L I M I N A S M A A T O N I T A S E
A S E D I T A S B E T A A V I D O S C A M A E D I T A S E X
M A S O C A S V A C I L A O C O S P A C O T E O C A S E M A
E L A S O S C A T I V A V A O S S A T E L I T E O S O R A L
L I R A D A A C A T A D O S C A A P E T E C E M P A S A N A
U V A P E L A A T A R A S C A L O A T A C A R V E R A M A R
C A M E L O S A A D A S P A R A T I O R E M B O L A R A M A
O M E D I C A R A O S G A B A R I T O A R C E L I B A T A M
P A T A C A D O S D A A R A B I C A S C E E L U C I D E S E
A S I Ç A R A S R E B U A C I D A S C A M A A T A C A R E M
T A L O D E S S E M A N A A N O S C A T A V A A N O S O L A
A R A S O S D E B I L I T A A S R O M A N I Z O O S E D E N
V A G A R A E R O T I C O S C A A P A R A D A S C A M E G A
I R O P E C A A L I Z A S M O L A A R A M A R C A B O S E R
N A R I M A R A O D E S L A M I N A A T O S G A R O P A M E
A R E L U T A V A O S M A N I C U R E A S R A B A N E T E S
P I M A N A D O S D E A V A T A R E S R E A T I V A R E S A
E S A R E M O S N E T A E D I T A S R E D E O N E R A R A M
L E S A R O S L O G I C O A V E S R E D I M E E L E S A T O
I R A R O S R E V E L A D O A S C O M U T A R A A S A N I L
C E R A S A O M E L E T E S C A A M A Z O N A S C A S O C A
A N A P E L A A N A N A S P A T A A T I R A S M A P A S E R
N O P E R O L A A V O S C A T I T A O D E S P A T E T A M E
O F A R E J A D O A S C A R A V A N A O S S O M A T I Z A S
C A T I N A R A S M A E M I R A D O S P O A P A R E C A S A
O S A T A V A S J E C A A R A D O S M A N A A T A C A R A R
G O L A T A S M A L E T A A T O S P E T E C A A T E R I R E
U M A S A S S A B O N E T E A R D E L I R A V A A R E D E N
M A T A M E A C U D A M O S C A A R E N O S O S X A M A N O
E R A C E R A A T I V O S G A N A A C E S O S P A R A S A S
L A C O L E R A I C E S C A T I T A A T A S R E M E L A S A
O C A M O M I L A O S C A R A M U J O E S M E L A N I N A S
H A C O D I D A S X A A M O L A R A S R A I M U N I Z E S A
A S E D I T A S V A R A A T I R A M P E T A E D I T A L E M
B E S O C A S R E M E L A A S A S R E S I D A A C O S A R A
I R I S O S M E L A N I N A E M D O L O R O S A O S A T A R
T E L A A R I M U N I Z E S T I A M O L A R A S L A R E M E
A N O A D O S E D I T A L S A C O A T U R A S S E T I R O L
V A E D I C A S O C O S N O T A V A A T E M C E V A V A S O
A A M A R E L A S O S R A S U R A R A O S C A R A M E L O S
```

FILIPE MOREAU

CARTA

Artus

Quando você falou nas palavras COMUNIDADE e REUNIÃO, mostrando que apresentam dentro delas o conjunto das vogais AEIOU, certamente quis mostrar que eram palavras que traziam isso também no seu sentido. Naquela época eu quis anotar outras palavras quaisquer que tivessem apenas a primeira característica, para ver a probabilidade delas. Ontem deparei com essas anotações, que vou expor numa prosa.

A presença de tais palavras é o ARQUIPÉLAGO, e as outras serão os conectivos, uma espécie de BARQUEIRO que vai verificando se em cada ilha estão numa boa os COQUEIRAIS, os EUCALIPTOS, os AGUACEIROS, e enfim, os BABAÇUEIROS, os CACAUEIROS, as MANGUEIRONAS e outras.

Como você percebeu, algumas palavras não caem com tanta naturalidade, e, de tanto forçá-las, o barco pode tornar-se um CARGUEIRO.

Nas ilhas também são encontrados CARANGUEJINHOS, CURANDEIROS, um ESQUÁLIDO BATUQUEIRO, e numa delas está se ESPREGUIÇANDO, com a ESPIRITUOSIDADE de um AVENTUREIRO, o ARQUITETO que, após haver PESQUISADO o sentido das palavras, as jogou numa FOGUEIRA.

SEGUÍAMOS a LUMINOSIDADE produzida, pensando ao mesmo tempo na MONSTRUOSIDADE e PERICULOSIDADE que representava, mas achei que pudesse ser mera PROMISCUIDADE. REPUDIAMOS tal pensamento, pois ele REPRODUZIA a censura que REFUTARÍAMOS com o simples argumento de que RESULTARÍAMOS no que REDUZÍAMOS. Enfim, talvez fosse melhor que se PRONUNCIASSE uma REINTRODUÇÃO pela CURIOSIDADE de ver que essas palavras se multiplicam pelo uso da flexão ÍAMOS (PENDURAR, PERDURAR, SUSPENDER, DERRUBAR, DEBRUÇAR, REPERCUTIR, MENSTRUAR, REGULAR, RECONSTRUIR, SEGURAR, ESTRUTURAR, REBUSCAR, REAJUSTAR, RELUZIR).

Já não pretendo mostrar nesta prosa um trabalho EQUILIBRADO, à altura de um UNIVERSITÁRIO das COMUNICAÇÕES, EMBRANQUIÇADO com as possibilidades. Aliás, os estudiosos da informação fazem justo o contrário, excluem determinada vogal para criar um texto inteiro, pretendendo com isso que ele fique limpo, límpido, polido, cristalino, lapidado etc.

Mesmo que tenha aparência de DESCUIDADO, neste texto APROFUN-DEI (mas não AFOGUEI) a atenção em não inventar palavras (ex: UNIVERSADO). Isso por estar ELUCIDADO de que seria EQUIVOCAR (EQUIVOCADO, EQUÍVOCA), ou melhor, estaria ESQUIVADO do objetivo da simples enumeração morfossintática (a sintaxe como norma).

E etc. Algumas das que ficaram faltando: ARQUÉTIPO, EQUIPARO, BANQUEIRO, DESQUITADO, RESSUSCITADO, CONSUETUDINÁRIO, EDUCANDÁRIO, QUEIXADO, QUEIMADO, MALOQUEIRO, FOFOQUEIRA, MOTOQUEIRA, OLHEIRUDA, PEITUDÃO, EULÁLIO, EDUCATIVO, BAGUNCEIRO, FRASQUEIRO, EQUIPADO...

abr89

Eis também esta historinha (de baixa QUILOMETRAGEM):

Debaixo do EUCALIPTO,

    a ARARA,
    o SERELEPE,
    o SIRI,
    o LOBO (ou o corvo, o polvo),
    e o URUBU

       marcaram a tal REUNIÃO

          para discutir assuntos da COMUNIDADE.

mai 89

CONCRETUDES

Seguem-se na ideia do quase tangível as tentativas com letras que, por simetria, se escrevem de cabeça para baixo, em inglês, apenas a palavra, coisas assim. E a brincadeira à toa das letras de trás para diante, espelhadas (permitindo serem recortadas para a leitura pelo avesso) etc.

"(H) Ouve Deus e não os pneus, algo como saúde (apnes), adeus (snape), pneus (snaud)" etc.

                            suns-halley-seas

menos souaw

                 opens suado

                                 sapo   asno

pesadopesad

                 zapidez   poesia osso

                              (e outros TESTES em CASCAS...)

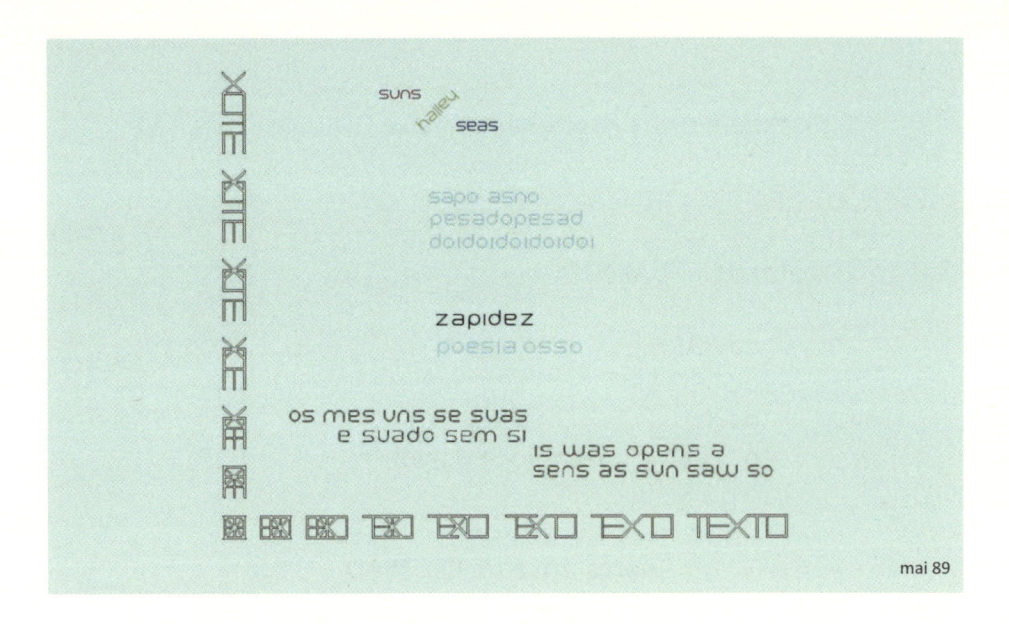

            suns
              halley
                seas

          sapo asno
          pesadopesad
          doidoidoidoidoi

          zapidez
          poesia osso

os mes uns se suas
e suado sem si
        is was opens a
        sens as sun saw so

TEXTO TEXTO TEXTO TEXTO TEXTO TEXTO TEXTO TEXTO

mai 89

      I.
      I.á. (Ol.á).
      I.ua.
lO.uca.   lOira.   l(e)O.(a).

jan 02

SUBTEXTOS

Quem encontrar no por favor
Desligando televisão
Contradições sugestivas
O polvo pescador
Belisca desprazerosamente
Rastros da religião - espetacular
Tremer pelo futuro
Formular
Exercitar
Pelo público - teatral - cicatriz violão
Internacional - internação
Desagrada
Mania teatral de rir no almoço avisando tacos de castra dos e tomar banho deitada rangendo os dentes
Contrato, contanto – com tanto trato, contanto tato
Pensar e pensar

mai 08

Todo juramento atestado comete sua jeitosa, bárbara e dúbia parada

Jane JANEIRO
    Ferve FEVEREIRO
        Amar MARÇO
            Abriu ABRIL
              Des MAIO
                  JUNHO-JULHO
              AGOSTO a gosto
            Cetim SETEMBRO
            OUTUBRO-te
              Move NOVEMBRO
                    Desde DEZEMBRO

set 86

CONCRETUDES

```
O B R A S
B       O
R   S A B O R
A   A   R   A
S O B R A   B
    O       O
    R A B O S
```

```
P E S A R
E     A
S     S     P
A     P E R S A
R A S P E   E
      E     S
    P R E S A
      S
      A
```

```
          R
A P U R O
P       U
U       P
R       P A R O U
R O U P A       A
        R A P O U
        O       O
        U       U
```

A FLOR LILÁS

```
        G
G A S T O
A     O T       G
S     G A T O S
  T O G A S     S
G O T A S       T
      T         A
  G O S T A
  S


            R O T A S
            A
      O S T R A     T
      S   O   S     A
R A T O S     T O R A S
O     R       R     Ô
T     A S T R O     S
A         O
S     T A R Ô S
          A
          S
```

FILIPE MOREAU

CONCRETUDES

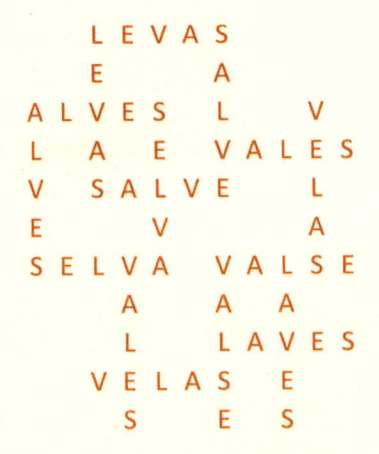

```
      L E V A S
      E       A
A L V E S     L       V
      L   A E   V A L E S
      V   S A L V E     L
      E       V         A
      S E L V A   V A L S E
              A   A     A
              L       L A V E S
      V E L A S     E
              S     E   S
```

```
      P A R T O     T O P A R
      A       R     R
      R   P O R T A
      T R O P A     P R A T O
      O   R A P T O         P
          T       T         T
      T R A P O     P O T R A
      O   R       O         R
      P   A       T
      A   T       R
      R     O P T A R
```

. . . LOR LILÁS

© Filipe Eduardo Moreau, 2014

Coleção Laranja Original - Editores
  Jayme Serva
  Miriam Homem de Mello

Projeto gráfico e capa
  Yves Ribeiro

Produção gráfica
  Gabriel Mayor

Fotografias
  Miriam Homem de Mello

Revisão
  Ieda Lebensztayn

Nesta edição, respeitou-se o novo Acordo Ortográfico da Língua Portuguesa

Uma publicação da Editora Neotropica Ltda.
Rua Henrique Monteiro, 90, 13º andar - Pinheiros
CEP 05423-020 - São Paulo - SP
+ 55 11 3815.1452

www.editoraneotropica.com.br

Dados Internacionais de Catalogação na Publicação (CIP)
(Câmara Brasileira do Livro, SP, Brasil)

  Moreau, Filipe
    A flor lilás / Filipe Moreau. -- 1. ed. --
  São Paulo : Editora Neotropica, 2014.

    ISBN 978-85-99049-14-3

    1. Poesia brasileira I. Título.

14-10662   CDD-869.91

Índices para catálogo sistemático:
1. Poesia : Literatura brasileira 869.91

Formato	16 x 23 cm
Mancha	12 x 19,6 cm
Tipologia	Calibri 12/14
Papel	Polen Bold 90g (miolo) Cartão 250g (capa)
Páginas	256